KB168772

낮은 자리 높은 마음

태학산문선 120

낮은 자리 높은 마음

초판 1쇄 인쇄 | 2015년 6월 8일
초판 1쇄 발행 | 2015년 6월 15일

지은이 | 성해응
옮긴이 | 손혜리
기 획 | 정민·안대회
펴낸이 | 지현구
펴낸곳 | 태학사
등 록 | 제 406-2006-00008호
주 소 | 경기도 파주시 광인사길 223
전 화 | (031)955-7580~2(마케팅부)·955-7585~90(편집부)
전 송 | (031)955-0910

전자우편 | thaehak4@chol.com
홈페이지 | www.thaehaksa.com

저작권자 © 손혜리, 2015
이 책의 저작권은 저작권자에게 있습니다.
저작권자와 출판사의 허락 없이 내용의 일부를 인용하거나
발췌하는 것을 금합니다.

값은 뒤표지에 있습니다.

ISBN 978-89-5966-698-0 04810
ISBN 978-89-7626-530-2 (세트)

성해응 산문선

낮은 자리 높은 마음

성해응 지음
손혜리 옮김

태학사

태학산문선을
발간하며

현대의 인간은 물질의 풍요 속에서 오히려 극심한 정신의 황폐를 느낀다. 새 천 년의 시작을 말하고는 있지만 미래에 대한 전망은 여전히 불투명하다. 심심찮게 들리는 인문 정신의 위기론에서도 우리는 좌표 잃은 시대의 불안한 징표를 읽는다. 모든 것이 불확실하고 혼란스러운 현실이다. 지향해야 할 정신의 주소를 찾는 일이 그리 쉬워 보이지 않는다. 밀려드는 외국의 담론이 대안이 될 것 같지도 않다. 그렇다고 그것을 대신할 우리 것을 찾아보기란 더욱 쉽지가 않다.

옛사람들은 무슨 생각을 하며 살았을까? 그때 그들이 했던 고민은 지금 우리와 무관한 것일까? 혹 그들의 글쓰기에서 지금 우리의 문제에 접근하는 실마리를 열 수는 없을까? 좁은 시야에 갇히지 않고, 총체적 삶의 자세를 견지했던 옛 작가들의 글에는 타성에 젖고 지적 편식에 길들여진 우리 일상을 따끔하게 일깨우는 청정한 울림이 있다. '태학산문선'은 그 맑은 울림에 귀를 기울이고자 한다.

세상은 변해도 삶의 본질은 조금도 변한 것이 없다. 그들이 일상에서 길어 올린 삶의 의미들은 지금 우리에게도 여전히 뜻깊게 읽힌다. 몇백 년 또는 몇십 년 전 옛사람의 글인데도 낯설지 않고 생경하지 않다. 이런 글들이 단지 한문이나 외국말, 또는 지금과는 다른 문체로 쓰였다는 이유 때문에 일반 독자들과 만날 수 없는 것은 참으로 안타까운 일이다. 좋은 글에는 향기가 있다. 좋은 글에는 글쓴이의 체취가 있다. 그 시대의 풍경이 배경에서 떠오른다. 글은 시간과 공간의 제약을 뛰어넘는다.

1930년대 중국에서는 임어당 등의 작가들이 명청(明淸) 시기 소품산문의 가치를 재발견하여 소품문학 운동을 전개한 바 있다. 낡은 옛것이 이러한 과정을 거쳐 다시 의미를 얻고 생생한 빛을 발하게 되었다. 이제 본 산문선은 까맣게 존재조차 잊혔던 옛 선인들의 글 위에 켜켜이 앉은 먼지를 털어내어 새롭게 선뵈려 한다. 진정한 의미의 '옛날'이란 언제나 살아 있는 '지금'일 뿐이다. 옛글과의 만남이 우리의 나태해진 정신과 무뎌진 감수성을 일깨우는 가슴 설레는 만남의 자리가 되었으면 한다.

정민·안대회

차례

❀ 제3부 박학과 실용

일러두기

- 이 산문선은 성해응의 『연경재전집(研經齋全集)』 중에서 유익하고 흥미로운 이야기를 중심으로 가려 뽑아 번역하였다.
- 번역의 저본은 한국고전번역원에서 영인한 한문문집총간 273~279권에 수록된 『연경재전집』이다. 이외에 고려대 도서관 육당문고에 소장된 필사본 『연경재전집』을 참조하였다.
- 작품마다 원제목을 바탕으로 하여 내용을 함축하는 제목을 붙였다.
- 작품을 이해하는 데 도움이 될 만한 설명과 감상, 비평을 각 작품 뒤에 붙였다.
- 필요한 경우 각주를 달아 작품의 이해를 돕고자 하였다.
- 원문은 표점을 붙여 수록하였다. 다만 의미상 잘못된 글자는 교감하여 표시했다.

이 땅의 소외된 이들에 대한 애정 어린 시선과 기록

성해응(成海應, 1760~1839)은 정조와 순조 연간에 활동한 서족 출신의 문사로 규장각 검서관을 지냈다. 자는 용여(龍汝), 호는 연경재(研經齋)·난실(蘭室), 본관은 창녕(昌寧)이다. 150여 권의 『연경재전집(研經齋全集)』을 저술하여 다산(茶山) 정약용(丁若鏞)과 함께 통유(通儒)로 평가받는다. 그러나 학적인 역량과 성과에 비하여 그동안 주목을 받지 못하였다. 조카 성우증(成祐曾)의 말처럼, 지위가 덕을 충족시키지 못했던 성해응의 삶과 작품 세계를 소개한다.

1. 서족 명문과 오세(五世) 문학

성해응의 집안은 5대조 성후룡(成後龍) 대부터 서족이 된다. 성후룡은 인조 때 우의정을 지낸 김상용(金尙容)의 서녀(庶女)와 혼인하여 완(琬)과 경(璟)을 낳았다. 종고조 성완(成琬)은 시에 뛰어나 1682년(숙종 8) 임술(壬戌) 사행에 제술관으로 참여하여 이름을 떨쳤다. 고조 성경(成璟)도 시로 이름이 났다. 종증조 성몽량(成夢良)은 1719년(숙종 45) 기해(己亥) 사행에 서기로 참여하였다. 조부 성효기(成孝基)는 학문과 덕행에 뛰어나 고향 포천에서 많은 제자를 양성하였다. 세교(世交)가 있던 이규상(李奎象)은 '현실을 구제할 훌륭한 인재이고 세상을 경륜할 거장'이라 평가하며 찰방에 그친 성효기를 안타까워하였다. 이규상은 본관이 한산(韓山)으로, 고려 말 이곡(李穀)과 이색(李穡)을 비롯하여 조선 후기 이병연(李秉淵)으로 이어지는 혁혁한 문한가 출신이다. 이처럼 성해응의 집안은 안동 김문(金門)과의 혼인 및 한산 이씨와의 교유를 통해 조선 후기 대표 문인인 김창협(金昌協)·창흡(昌翕) 형제와 이병연의 문하를 드나들며 긴밀한 관계를 유지하였다.

부친 성대중(成大中)은 문과에 급제한 뒤 1763년(영조 39) 계미(癸未) 사행에 서기로 참여하여 문명을 떨쳤다. 성완과 성몽량을 이어 사행에 참여하였으니 세직(世職)이었던 것이다. 사행에서 제술관이나 서기는 서족 출신 중 문한이 뛰어난 인물을 주로 뽑았다. 따라서 이 집안의 학적 역량은 당대 이미 공인을 받은 셈이다. 성대중은 순정한 문체를 구사하여 정조에게 극찬을 받고 서족 출신으로는 이례적인 종3품 북청 도호부사에 제수되었다. 조선조 사상(史上) 서족 출신으로 가장 높은 품계에 오른 인물이다. 그는 학적 역량이 뛰어난 데다 성품이 혼후(渾厚)하며 40여 년 동안 관직 생활을 하여 교유가 매우 폭넓었다. 혼인을 통해 연결된 안동 김문을 비롯한 노론 명문에서부터 당대 예술가들과 서족 출신의 문사에 이르기까지 다양한 계층의 인물과 교유하였다.

성해응은 부친에게 많은 영향을 받는데 특히 교유권은 대부분 계승하였다. 까다롭고 예민한 데다 내성적이며 술도 좋아하지 않는 그에게 교유란 선대부터 내려온 세교가 절대적이었다. 그의 교유는 폭넓지 않은 대신 깊이가 있었다. 세교로 오랜 세월을 공유한 벗들은 학문적 동지이자 인생의 지기(知己)로서 그의 삶에 큰 영향을 미쳤다. 성해응은 노년에 이들과의 교유를 추억하며 그리워하는 작품을 많이 남겼다.

이처럼 이 집안은 성완과 경 형제, 성몽량, 성효기, 성대중, 성해응 등 뛰어난 문인과 학자를 배출하였다. 성우증은 이를 '오세 문학'이라 하고 가문에 대한 강한 자부심을 표출하였다. 명문 사대부가처럼 문벌을 내세울 수는 없으나, 학문적 역량이나 문학적 재능은 평범한 사대부가와는 비교되지 않는 서족 중의 명문이었다.

2. 검서관 시절과 정조의 죽음

성해응은 1783년(정조 7) 진사시에 합격하였다. 1788년 규장각 검서관에 임용된 후, 모친상으로 인한 공백기를 제외하고는 1800년 정조가 사망할 때까지 재임하였다. 이 시절 국가에서 주관하는 편찬 사업에 참여하였으며, 당대를 대표하는 석학들과 교유하는 등 학적 역량을 높였다. 당시 검서관으로 재직하던 선배 학자 이덕무(李德懋), 유득공(柳得恭), 박제가(朴齊家)는 모두 부친 성대중과 절친한 사이였다. 교서관 교리였던

『연경재전집(研經齋全集)』

부친이 숙직할 때면 자주 방문하여 술을 마시고 시문을 짓곤
하였다. 성해응은 그들과 자연스럽게 친해졌으며, 검서관으로
함께 근무하면서부터는 깊은 유대감을 형성하였다. 성해응은
이때를 인생에서 가장 빛나던 시절로 회고하였다.

　정조 사후 서족 출신의 검서관들은 쇠락하게 된다. 이덕무를
시작으로 박제가와 유득공이 쓸쓸하게 죽음을 맞이하였다. 18
세기 조선 르네상스의 한 축을 담당했던 이들이 역사의 뒤안
길로 사라진 것이다. 성해응 역시 예외는 아니어서 외직을 전
전한다. 1801년(순조 1)에 통례원 인의(通禮院引儀)와 금정 찰
방(金井察訪)을, 1803년에는 음성 현감(陰城縣監)을 제수 받았
다. 음성 현감 시절 여가가 나면 절친한 친구 김기서(金箕書),

　　　　　　　　성해응론

이장재(李長載), 나후야(羅後野)와 모여 명승지를 유람하고 시문을 지었다. 당시 충청도에서는 '사가(四家)'라 부르고 그 성대한 풍류를 칭송하였다. 이들의 부친은 김상숙(金相肅), 이규상, 나열(羅烈)이다. 김상숙 등이 성대중의 절친이었던 만큼 이들은 선대부터 세교가 있던 오래된 친구들이었다. 성해응은 1808년 인의를 제수 받고, 1815년 벼슬에서 물러난 뒤 고향에 은거하여 저술에 몰두한 결과 방대한 분량의 『연경재전집』을 남겼다. 1839년(헌종 5) 80세의 나이로 세상을 떠났다.

3. 송학(宋學)의 의리와 한학(漢學)의 박학 고증

성해응은 "경(經)은 길이니 사람은 길을 버리고 다닐 수 없으며, 사(史)는 거울이니 사람은 거울을 등지고 비출 수 없다"고 하여, 학문의 본령을 경사(經史)에 두었다. 특히 경을 자신이 걸어가야 할 길로 인식하고 '연경재'라 자호할 만큼 평생동안 경에 치력하였다. 이때 경은 육경(六經)을 의미한다. 육경은 한(漢)나라 때 성행하여 명물도수(名物度數)를 강조하였으며 박흡(博洽)하고 실증적이며 경세적(經世的)이다. 육경을 강조한 것은 한학에 경도되어 있음을 뜻한다. 이는 경사를 비롯하여 시문, 서화, 고동(古董), 금석, 지리, 도검(刀劍) 등 실로 다양한 분야에 관심을 갖게 된 사상적 근거가 된다. 또 원인(援引)과 변증(辨證) 등 실증적 방법으로 학문에 접근하였다. 실제 그는 저술에서 이 방법론을 주로 활용하였으며, 기술(記述)

의 정밀함과 객관성을 추구하였다.

그렇다고 해서 송학의 가치를 폄하한 것은 아니다. 그는 여러 차례 송학과 한학을 합하여 요체를 잡을 것을 강조하였다. 송학의 가치를 절하한 것이 아니라 동시대에 활동한 다른 학자들보다 한학의 장점과 가치를 적극적으로 제고(提高)했다고 보는 편이 옳다. 그의 작품에는 한학과 송학의 장점을 취하려는 태도가 여실히 드러난다. 충효열 등 중세의 보편적 가치관을 충실히 수행한 인물을 대거 취재하여 행적을 기록하였다. 송학의 의리(義理)를 지향하여 내용적인 면에서 접근한 예다.

산수기를 비롯한 국토지리에 관한 서술은 자료에 근거하여 사실적 기록을 지향하고 있다. 정밀과 고증 등 실증적 방법론을 활용하였으니, 한학의 장점을 수용하여 작품에 활용한 예다. 이런 바탕 위에서 거사직필(據事直筆)의 기록 의식이 형성된 것이다. 거사직필이란 사관(史官)의 글쓰기 태도로 권세를 두려워하지 않고 사실을 있는 그대로 써 역사에 남기는 일을 뜻한다. 이는 그의 문학 전반에서 포착되는 양상이다.

이 지점에서 성해응의 사가(史家)로서의 사명감에 대하여 주목할 필요가 있다. 그는 경사를 학문의 근본으로 천명하고, '사'를 '경'의 반열에서 인식하였다. 이러한 인식은 사관으로서의 사명감이 생성된 사상적 기저가 된다. 역사 서술에 있어 가장 중요한 것은 사실에 근거한 객관적 서술이다. 성해응의 문학 작품은 사실에 의거하여 객관적으로 서술한 양식이 많은 비중을 차지한다. 그리고 문체는 대부분 간략하면서도 체재(體裁)를 이루었다. 객관성과 사실성을 담보한 기록으로 자료적 가치가 크다.

4. 소외된 인물에 대한 기록과 사(士) 의식

성해응의 문학은 '산문 문학'이라고 할 만큼 문(文)의 비중이 크다. 그리고 문의 상당 부분은 인물에 대한 기록이다. 동시대의 인물에서부터 역사적 인물에 이르기까지 두루 망라하였다. 따라서 인물을 대상으로 한 전이나 기사는 분량이 방대하다.

그의 작품에 등장하는 인물들은 충효열을 충직하게 실천한다. 이름 없는 병졸이나 노비, 기녀 등 사회적으로 소외된 하층 신분의 인물이 많다. 또 분량이 많은 것은 아니지만 신선이나 협객, 악사, 장인 등 기이한 풍모를 지닌 인물도 있다. 기사도 인물을 소재로 한 작품이 상당수를 차지한다. 이 역시 등장인물은 충신과 열녀 그리고 덕행을 실천한 백성들로 모두 '충렬의 고취'라는 측면에서 취재 대상이 되었다. 그런데 여기서 충렬의 대상은 그리 단순하지 않다. 국가를 위해 살신한 인물과 정절을 지킨 열녀가 대부분이지만, 노비나 하급 관료 등이 자신의 주인과 직분을 위해서 분골쇄신하는 모습이 아주 흥미롭게 그려졌다. 이 작품군은 비중이 큰 데다 문학적 형상화 또한 뛰어나 작가의 역량이 돋보인다.

「영천 박 열부와 충복 만석(書榮川朴烈婦事)」은 영천 지역의 박 열부에 대한 송사 사건을 소재로 한 기사이다. 박 열부가 관아로 찾아가 결백을 밝히기 위해 스스로 목숨을 끊는 과정이 생생하게 묘사되었다. 범인 김조술(金祖述)이 관리들을 매수하여 법망에서 벗어나는 장면, 아내와 결별하면서까지 주인의 원통한 죽음을 밝히는 노복 만석(萬石)의 모습이 몇 번의 장면 전환을 통해 서사가 극적으로 재현되어 있는 만큼 형상화가 뛰어나다. 이 사건은 당시에 영천을 비롯해 전국적으로 비상한 관심을 불러일으켰을 뿐 아니라 조정에서도 사관(査官)을 파견하여 조사할 정도로 커다란 사회적 이슈가 되어 세간의 비상한 관심을 끌었다.

이 글의 백미는 논평 부분이다. 박 열부 송사 사건은 사안이 분명하여 쉽게 해결될 수 있는 것이었다. 그런데 피의자에게 뇌물을 받은 하급 관리의 거짓말과 눈가림, 이에 속은 군수의 어리석음, 재수사의 명을 받았음에도 직접 조사하지 않고 엉터리 장계를 올린 사관들의 일처리 방식, 엄정하게 조사하여 사건을 해결한 동료 따돌리기 등 온갖 부정과 부패가 축적되어 해결이 어려웠던 것이다. 지위 고하를 막론하고 형을 집행하는 관리들의 무능함과 부패의 실상을 적나라하게 폭로한 성해응의 냉철한 통찰과 이를 풀어내는 논리가 명쾌하다.

이처럼 성해응은 미천한 신분이지만 모진 고난을 딛고 일어서 주체적이면서도 당당하게 살아간 이들을 포착하여 그들의 사적을 기록하는 데 치력하였다. 그렇다면 성해응이 인간, 특

성해응론

히 세상에서 소외된 하층민에 관한 기록을 많이 남긴 이유는 무엇일까?

무엇보다 인간을 바라보는 애정 어린 시선을 놓칠 수 없다. 어려운 여건에서도 묵묵히 충효열을 실천한 하층민을 대하는 그의 감정은 남달랐다. 그러나 이들은 역사에 묻힐 수밖에 없는 처지였다. 이에 대해 성해응은 연민과 책임의식을 가졌던 것으로 보인다. 뛰어난 재주나 훌륭한 덕을 지녔지만 신분이 미천하여 세상에 알려지지 못한 채 사라질 운명에 놓이거나, 일사(逸士)로서 큰 뜻을 품고 있으면서도 실현하지 못하고 불우하게 생을 마쳐야 했던 인물들에 대한 기록에서 잘 드러난다.

이 문제는 그 자신의 신분적 처지와도 긴밀하게 연결된다. 성해응 역시 학적 역량이 뛰어났지만 포부와 경륜을 펼칠 만한 자리에 오른 적이 없었다. 서족의 영예로 여겨지던 검서관이 되어서는 서적의 편찬과 간행에 종사하였으며, 정조 사후에는 지방관을 전전하다 은퇴하였다. 그가 현실에 대한 불만을 크게 표출한 것은 아니나, 유독 하층민을 소재로 한 작품을 많이 저술하여 자신의 울울한 심경을 대리 투영한 것으로 보인다. 이러한 이유로 인멸될 처지에 놓인 이들에 대한 행적을 세상에 적극적으로 알리고자 한 것이다. 결국 이들은 성해응의 기록으로 인해 역사에 남게 되었다. 더불어 오늘 우리는 저술을 통해 사(士)로서의 정체성을 확인하고 세상과 소통한 그의 숨결을 느낄 수 있다.

5. 심원한 예술적 감성과 취(趣)

성해응은 어려서부터 서화와 고동, 음악에 대한 관심과 취(趣)가 있었다. 서화란 비록 작은 재주이긴 하지만 연마하여 신묘한 경지에 이르게 되면 충분히 즐길 만한 것이라 하여 효용성을 긍정한 것이다.

「좋은 벼루의 계보(硯譜)」는 김도산(金道山)과 신경록(申敬祿) 등 당시 재주 있는 장인들이 살아가는 모습에 대해 기록한 글이다. 성해응은 여기에서 각 지방의 유명한 벼루를 소개하고 품질의 등위를 매기는 등 벼루에 대한 감식안을 유감없이 발휘하였다.

「시와 그림의 신묘한 경지(東詩畵譜序)」에서는 그가 지향하는 이상적인 서화의 경지와 섬세하고 예민한 감수성을 보여준다. 멀리서 안개비가 갑자기 몰려와 앞산의 한 자락을 가렸다가 홀연히 흩어져 산허리가 언뜻 드러날 때 온갖 형상이 넘쳐나는 것, 그때 본인도 깨닫지 못하는 사이 시정(詩情)과 화의(畵意)가 일어나는 것을 '서화가 경지에 들어간 경우[入品]'라 평하였다. 다만 시정과 화의가 넘쳐나더라도 시와 그림을 통해서 표현할 수 있다. 이를 위해 부단히 연습하면 어느 순간 경지에 도달하게 된다. 성해응의 예술적 취향이 심원함을 느낄 수 있는 대목이다.

한편 그는 김기서의 「이금사의 죽음을 애도하며(哀李琴師文)」를 읽고 「마음으로 듣는 아름다운 소리(復書竹下哀李琴師文後)」를 기록하였다. 성해응의 음악적 지향과 의경(意境)이 잘 표출된 작품이다.

성해응은 거문고 연주자 이금사를 만난 적이 없다. 김기서의 글을 통해 그 존재와 죽음을 알게 되었다. 그런데 마치 곁에서 이금사가 거문고를 연주하는 것처럼 느낀 것이다. 이른바 굳이 말하지 않아도 알 수 있는 '의경'이다. 음악을 이해하고 감상하는 데 있어 가장 중요한 것이다. '경'을 얻는 것도 어렵지만 지속시키는 것은 더욱 어렵다. 이를 유지하기 위해서는 '정신을 집중[神凝]'해야 한다.

눈으로 보거나 귀로 듣지 않고도 만들어진 형체는 마음이 감발되어 가상의 이미지가 생기고 그로 인해 형성된 형체이다. '무형의 형체[無形之形]'에서 '의경'이 생긴다면 바로 '신(神)'의 경지이다. 성해응은 이금사의 거문고 연주를 직접 듣지 못했지만[無形], 김기서의 글을 읽고 느낌[想]이 있어, 연주를 듣지 않고도 절조를 느낄 수 있었던 것[形]이다. 그 속에서 '의경'이 생겼으니, 이것이 바로 '신'의 경지임을 체득한 것이다.

이금사는 죽고 없지만, 그의 거문고 연주는 성해응의 글을 통해 생동하게 들려온다. 이것은 성해응의 음악에 대한 관심과 애정, 예민하면서도 섬세한 감수성이 있어 가능하였다. 이 글은 자신이 느낀 '의경'과 '신'에 도달하는 과정을 뛰어난 필치로 그려낸 수작(秀作)이다. 서화에 대한 기록이나 비평에 비해 음악에 대한 기록은 이 글이 처음으로 귀한 자료이기도 하다.

엄숙한 학자로 보다 널리 알려진 성해응의 인간적 면모와 문학적 역량, 그리고 예술적 감성에 대해 살펴보았다. 그의 기록을 통해 이 땅의 외롭고 소외된 이들이 다시 살아 숨을 쉴 수 있었던 것처럼, 성해응 역시 자신의 문학 작품을 통해 오늘날 세상과 소통할 수 있기를 기대한다.

2015년 4월

손혜리

제 1 부

떠난 이들에 대한 기억

담박하고 깊은 우정
—

李時和哀辭

    나는 젊을 때 사교성이 없어 감히 남들과 벗을 맺지 못했다. 남들도 나하고 벗하려는 이가 드물었다. 벗이 어찌 대충 사귈 일이랴? 무릇 벗이란 굳이 손을 꼭 잡고 호감을 토로하고 마치 아교풀이 달라붙듯 그에게 반해서 마음까지 쏟아야 하는 것은 아니다. 요컨대 담박하면서 거슬림이 없고, 겸허하면서 서로 잘 맞으며, 잘한 일이 있으면 기뻐하고, 잘못한 일이 있으면 지적해준다. 가깝다고 해서 너무 바짝 들러붙지 않고, 멀다고 해서 소원하게 대하지 않아야 좋은 벗이다. 나는 그와 같은 벗 사귐을 집안 대대로 가까이 지내는 사람들 속에서 찾았는데, 정서(淨墅) 이시화(李時和, 이원순)가 바로 그 사람이다.

    옛날 나의 할아버지께서 독서하며 도를 품고 계실 때 사람들에게는 아직 알려지지 않았다. 언젠가 송암(松巖) 이 공(李公, 이규응) 댁에 손님으로 가신 적이 있다. 그 인연으로 그 집안 여러 분들을 다 알게 되었고, 특히 흡재공(翕齋公, 이사질)으로부터 인정을 받으셨다. 서로 깊이 사귀어 집안끼리 대대로 우호를 잃지 않은 지가 그대(이원순)까지 이어져 4대째이다. 각자가 가정에서 물려받은 우의로 서로를 대함에 소홀함이 없었기에 이처럼 돈독했던 것이다.

나는 20년 전 충청도에서 벼슬할 때, 황계(黃溪)에서 해양 나열 공을 찾아뵙고, 이호(犁湖)로 들어가 죽하 김치규(金稚奎, 김기서)를 방문하였다. 다시 금강으로 길을 잡아 정봉(晶峯) 아래로 그대 부친을 찾아뵙고 문안을 드렸다. 자리에서 물러나 그대와 조용히 담소를 나누었다. 이때 나 공이 점잖게 자리에 앉아 계시자, 경선(景先, 나후야) 형제가 옆에서 즐거운 낯빛으로 모시고 있었다. 나는 자주 죽하를 따라 찾아가서 그 분의 가르침을 귀 기울여 들었다. 모두 비루하고 인색한 마음을 씻어내고 좁고 편협한 소견을 없앨 만한 말씀이었다. 때때로 술잔을 기울이고 시를 읊는 일이 이어졌는데 그 풍류와 문채가 충청도를 빛냈다.

나는 또 나 공의 양대(兩代)를 따라 경전과 역사를 토론하고 옛 서적을 고증하였다. 그 해박함에는 미칠 수가 없었을 뿐 아니라 높은 풍모와 뛰어난 자취는 더욱 뒤쫓기 어려웠다.

여러 자손이 글 읽는 소리가 귀에 가득하였다. 대나무와 돌, 꽃과 나무, 연못과 동산은 배치해놓은 것이 모두 마음에 들어서 번번이 오락가락하면서 떠날 수가 없었다. 옛날 『시경』에서 "조촐한 집에 살며 퐁퐁 솟는 샘물로 배고픔을 잊도다"라고 읊은 즐거움도 이보다 낫지는 않을 것이다.

다행스럽게도 못난 내가 군자들에게 버림받지 않고 함께 어울리는 자리에 낄 수 있었던 것은 선대의 우의 덕분이다. 그 때문에 날씨 좋고 경치가 아름다울 때마다 생각만 나면 곧장 찾아가서 맑은 냇물과 무성한 숲 사이에서 자주 오르내리며 어울려 지냈다. 가만히 생각해보니, 이 즐거움은 한평생의 우의와 친구 사이의 은택일 뿐 아니라 그분들의 착한 마음을 남에게까지 베푼 덕분이다. 세상에서 말하는 권세와 이익 같은 말단의 일이 그 마음을 어지럽히지 못하여 진정한 마음이 찬연히 서로를 비추어주었다.

그러나 모이면 흩어지고 번성하면 쇠락하는 일이 이치상 없을 수 없다. 내가 충청도에 있을 때 관사에서 해양공을 곡하였고, 경선이 죽은 지도 이미 10여 년이다. 죽하가 청주에서 죽은 지 2년이 된 지금 또 그대를 곡하게 되었다. 그 사이가 얼마나 짧은데 군자들이 이처럼 시들고 돌아가시니 어찌 슬퍼하지 않을 수 있으랴?

그대는 사람됨이 맑고도 온화한 데다 덕을 닦고 몸을 수양하는 일에 각고의 노력을 하였다. 집안 대대로 글 쓰기를 좋아하여 편찬한 저술이 아주 많다. 이것을 반드시 정밀하게 취사선택하여 모두 후세에 전할 만하다. 젊었을 때는 현실에 뜻을 두었으나 중년 이후로 고생하다 이루지 못하고 마침내 죽었다. 아! 천명이로구나. 부친께서는 건강하신데 그대가 어찌 눈을 감을 수 있었겠는가?

선친께서 일찍이 「충청도에서 감회를 기록하다(湖右志感)」란 시를 짓자, 일몽공, 송암공, 배와공, 해양공이 모두 이어서 시를 지은 적이 있다. 죽하와 경선과 그대는 모두 가업을 잘 계승한 이들이다. 지금 비록 꺾이고 억눌려 지독한 재앙을 만났으나 결국에는 후손들이 진작시키고 계발하기를 기대할 수 있다. 다만 송암공의 후사가 자주 끊겨 슬프구나. 다음과 같이 애사(哀辭)를 짓는다.

오호라! 시화여!
자질이 뛰어나고 재주가 훌륭하다.
그런데 하늘이 준 것은 넉넉함이 아니라 초라함이요
행복이 아니라 재앙이로구나.
착한 사람이 복 받지 못하는 것을
어찌 지금 와서야 자세히 알았겠는가마는
그렇다면 하늘이 돕는 자는 과연 어떤 사람이기에
도리어 그들을 즐겁고도 편안하게 하는가?

이원순(李源順, 1772~1823)의 죽음을 애도한 글이다. 그의 자는 시화(時和), 호는 정서(淨墅), 본관은 한산(韓山)이다. 18세기 조선 인물지 『병세재언록(幷世才彦錄)』을 쓴 이규상(李奎象)의 손자이다.

뛰어난 역량을 펼치지 못한 채 일찍 죽은 친구의 죽음을 애도하는 글이기도 하지만 친구와의 사귐, 그것도 할아버지, 아버지, 손자 대로 이어오면서 우정을 나누는 것에 글의 초점이 맞춰져 있다. 성해응은 그와의 담박하면서도 깊은 우정의 장면 장면을 하나씩 보여준다. 아버지의 친구를 찾아뵙고 그 아들과 대화를 나누는 장면이 인상적이다. 그러나 이제는 그것도 옛 추억이 된 서글픔이 깊은 여운으로 남는다.

내 딸 증만

—

殤女墓誌

연경실(硏經室) 주인의 막내딸 증만(曾萬)은 무오년(1798)
11월 18일에 태어났다. 선친께서 만(萬)이라 이름 지어준 것은
장수하기를 기원해서다. 딸은 얼굴이 예쁘장하고 성품이 온화
하였다. 진중하고 말수가 적어 오래 살 것 같았다. 그런데 임술
년(1802) 12월 20일 천연두에 걸려 일찍 죽었다. 제 어미가 임
신했을 때 달 꿈을 꾸었는데 달이 점점 이지러졌다. 딸은 또 젖
을 먹고 나면 바로 어미를 등지고 누웠다. 모두 상서롭지 않은
징조였다.

내가 금정(金井) 관아에 있다가 마침 공주 금강가로 갔는데
관찰사가 술과 고기를 마련하여 세모연(歲暮宴)을 열었기 때
문이었다. 이때 딸이 죽었다. 집안사람들은 애통해하며 슬피
울었다. 슬픔과 기쁨의 사이가 어찌 그리도 아득하단 말인가?
버드나무 삼태기에 싸서 포천현 남쪽 야동(冶洞) 언덕에 묻고
보니, 역시 일찍 돌아가신 할머니의 무덤과 멀지 않았다.

옛날에 장자(莊子)가 "요절한 아이[殤子]보다 오래 산 자는
없고 팽조(彭祖)보다 일찍 죽은 자는 없다" 하였는데, 이 말은
참으로 터무니없다. 그러나 유구한 천지의 입장에서 본다면 팽

조도 장수하였다고 하기엔 부족하다. 팽조가 장수했다고 볼 수 없다면, 요절한 아이도 요절이라 하기에 부족하다. 장수니 요절이니 하는 것은 유유하니 굳이 따질 필요가 있겠는가? 이에 묘지(墓誌)를 썼다.

　성해응의 막내딸 증만이 천연두에 걸려 세상을 떠났다. 태몽이 상서롭지 않아 오래 살기를 바라는 마음에 '만(萬)'이라는 이름을 지어주었지만 요절하고 말았다. 딸이 사경을 헤맬 때 성해응은 송년 모임에 참석하고 있었다. 딸의 마지막 가는 길을 지키지 못한 데다 음주를 즐기고 있었다는 자괴감이 그를 더욱 고통스럽게 하였다. 일찍 죽은 딸에 대한 애끓는 부정(父情)이 짧은 편폭 속에 잘 드러났다.

아내의 방

—

祭亡室文

숙인(淑人)이 죽은 지 22일이 지나 달이 벌써 바뀌었다. 지아비 성해응은 죽곡에서 돌아왔지만 병이 아직 낫지 않아 한바탕 통곡하면서 비통한 마음을 토로할 수가 없었다. 그래서 조카 우증에게 대신 다음과 같이 곡하도록 하였다.

이번 달은 부인(夫人)의 60세 환갑이 되는 달이오. 부인이 살아 있다면 국화를 따서 술을 빚고 쌀을 찧어 떡을 만들어 자손 친척들과 함께 배불리 먹고 실컷 취하며 즐겼을 것이오. 그런데 지금 술과 떡을 차려 영전에 곡을 하니 어찌 슬프지 않겠소?

부인의 아름다운 행실은 내 곧 무덤에 새기겠소. 부인은 젊어서는 집안을 화목하게 하여 즐거움이 가득하도록 만들면서도 안일하면 독이 된다는 경계를 늘 마음에 간직했지요. 이 때문에 나는 건강하고 병치레가 적었구려. 중년이 되어서는 살림을 잘 꾸려가되 자잘한 일은 입밖에 내지 않았소. 이로 인해 나는 마음 편히 독서할 수 있었다오. 늙어서는 검소한 옷차림으로 지내며 가난한 형편에도 늘 만족한 듯하였소. 그래서 나는 즐거워 근심을 잊을 수 있었지요. 이는 모두 남보다 훌륭했던 부인의 아름다운 행실이었소.

내가 부인에게 감동한 것은 따로 있소. 부인이 처음 시집왔을 때 부모님의 연세가 많지 않고 가세가 한창 왕성하였지요. 부인의 태도와 용모를 본 사람들이 다들 "며느리가 집안의 복을 잘 지키겠구려" 하였소. 이윽고 어머님이 집안일을 맡기셨는데, 부인은 아무리 작은 일이라도 혼자 처리하지 않고 반드시 아뢴 뒤에 하였소.

아버님은 손님을 좋아하셔서 모임에는 반드시 술과 고기가 필요했는데, 부인은 그때마다 즐거운 마음으로 장만하였소. 집이 가난하여 마련할 수 없으면 반드시 동분서주하여 모인 이들이 한껏 즐길 수 있도록 하였지요. 어머님이 돌아가신 후 외로이 거처하며 무료하게 지내시는 아버님을 즐거워하시도록 힘써 섬겼소. 아버님께서 편찮으시거나 몸이 가렵거나 할 때에는 어린 딸보다 더 극진하였으니, 아버님은 부인을 보면 늘 즐겁지 않은 적이 없으셨지요. 나는 그걸 보면서 부인이 효성스럽고 의롭다는 것을 잘 알았소.

평소 성격이 급한 편인 내게 부인은 온화하며 느긋해지라고 늘 주의를 주었소. 음성 임소에 있을 때 혹독한 형장 소리를 듣고는 곧 측은히 여겨 "화가 치밀어 오를 때 죄를 처결하지 마셔요" 하였소. 노비들이 혹 바깥의 말을 전하면 그때마다 딱 잘랐는데, 이는 청탁이 들어오는 것을 염려해서였지요. 관에 거처한 지 몇 년이 되자 돌아갈 것을 생각하여 "청빈은 저의 본분입니다. 관의 봉록을 어찌 오랫동안 누릴 수 있겠어요?"하고는, 마침내 아버님을 모시고 도성의 옛 집으로 돌아갔소. 나는 그걸 보면서 부인이 청렴하면서 개결하다는 것을 잘 알았지요.

부인이 부모님을 봉양함에 도리를 다한 것을 보면 조상을 잘 받든 것은 미루어 잘 알 수 있소. 또한 내조하는 도리를 잘한 것을 보면 집안을 잘 다스린 것도 미루어 알 수 있소. 이와 같이 좋은 짝을 이제 잃어버렸으니 어찌 슬프지 않겠는가?

작년 겨울 내 병이 매우 심했을 때 부인은 병든 몸을 억지로 일으켜 직접 약을 달였는데, 추위에도 불구하고 멈추지를 않았소. 올여름 내가 또 병나자, 부인은 자신의 병이 한층 깊어졌는데도 오히려 밥상을 살폈지요.

이제 좀 병세가 나아져 당신의 방에 들어 갔으나 부인은 이미 세상을 떠나버렸구려. 옛 자취에 눈길이 닿으매 평생의 일이 두루 생각나 더욱 슬프고 목이 메는구나! 이제 말을 다 했지만 슬픔은 끝이 없네그려. 혼령께서는 이 마음을 살펴주소서.

부인의 죽음을 맞아 지은 제문이다. 인생의 동반자로서 부인에 대한 존경과 사모하는 마음을 절제된 필치로 담담하게 표출하였다. 병이 위중한데도 남편의 밥상을 차린 부인의 사랑이 숭고하기만 하다. 특히 죄인을 엄히 다스리는 남편에게 진정 어린 조언을 한 부인을 통해 내조란 무엇인가에 대해 생각해보게끔 한다.

자신의 병은 돌보지 않고 남편을 간호하다 먼저 세상을 떠난 부인의 옛 자취를 돌아보며 통한에 찬 부정(夫情)이 애절하다. 학자로 널리 알려진 성해응의 인간적 면모와 감성이 잘 드러나 있다.

덕에 비해 지위가 낮았던 나덕야

—

羅君攸哀辭

해양 나열 공은 아버님의 친구이시다. 나는 어려서 그분에게 자주 이야기를 듣고 숨겨진 능력을 계발할 수 있었다. 또 그분을 통해 경선(景先, 나후야)과 군유(君攸, 나덕야) 및 그 사촌형인 국인(國仁) 세야(世野)와 교유하였다. 국인은 월촌공(月村公, 나걸)의 아들이다. 월촌공은 일찍 세상을 떠났는데 문장이 뛰어나고 담론이 우뚝하였다. 매번 해양공께 그에 대한 이야기를 한두 가지씩 들었으나 아쉽게도 직접 뵙지는 못하였다.

경선은 사람됨이 단정하고 빼어나 사람들에게 날카로운 면을 보이지 않았고, 말을 하면 모두 도리에 맞았으며, 교유를 하면 시종토록 변하지 않았다. 군유는 기이하고 헌걸차 악착스러운 사람을 보면 자리에 함께 앉으려 하지 않았으며, 술을 마신 후에는 끊임없이 담소하며 남김없이 소회를 말하여 늘 옛사람의 풍모가 있었다. 국인은 또 소홀하고 대충대충 하는 성격이라 생계를 개의치 않고 오직 문장만 좋아하였으니 비록 낙척하여 불우했지만 언제나 편안하였다. 이 세 사람의 행동은 다르되 모두 나씨 집안의 가풍에 부끄럽지 않았다.

나는 을사년(1785) 여름, 지계 송재도 공을 따라 장주(漳州)

임소에 계신 해양공을 뵈러 갔는데, 공은 공무로 징파강(澄波江)에 갔다가 돌아오시지 않았다. 경선 형제는 아직 관례를 하지 않았지만 바로 주인노릇을 하며 밥을 마련하여 대접하였다. 해양공이 돌아오시자 형제가 앞다투어 달려 나가니 녹문산(鹿門山)에서 기장밥을 짓던 풍모[1]가 있었다. 18년이 지나 내가 충청도에서 벼슬을 하면서 국인과 다시 만나게 되어 매우 기뻤다.

무릇 옛날의 우도(友道)란 절절하면서 자상하고, 권면하면서 온화하고, 친밀하면서 친압하지 않고, 소원한 듯하면서 버려두지 않고, 담담한 듯하면서 멀리하지 않고, 돈독한 듯하면서 구속하지 않았다. 벗의 도가 이러해야 서로 권면하고 경계하여 실추하지 않았다고 이를 만하다.

얼마 후에 해양공이 돌아가시고, 9년이 지나 국인이 죽고, 5년 후에 경선이 죽었으며, 또 5년 후에 군유까지 죽었으니, 이 얼마나 황망한가? 옛날 한창 함께 노닐 때 나는 이미 경선의 묘지를 써두었다. 번성하면 반드시 쇠락하는 것이 자연스러운 이치니 또 무어 슬퍼할 것이 있겠는가? 다만 천도(天道)는 착한 일을 하면 복을 내리고 악한 일을 하면 화를 내리며, 성인

---

1   후한(後漢) 말기에 은사(隱士) 방덕공(龐德公)은 형주 자사(荊州刺史) 유표(劉表)의 간곡한 요청도 뿌리친 채, 가족과 함께 양양(襄陽)의 녹문산에 들어가서 약초를 캐며 살았다. 역시 당대 고사였던 사마휘(司馬徽)가 방덕공의 집을 방문했을 때 마침 그가 성묘하러 산에 올라가고 집에 없자 사마휘가 대신 주인 행세를 했다는 일화가 전한다.(『고사전(高士傳) 하(下)』

(聖人)은 북돋우기도 하고 전복시키기도 한다.

일찍이 군유의 삶을 살펴보건대, 구포공(鷗浦公, 나만갑) 이후 문장과 경술로 당시 추앙을 받았으며, 해양공께서는 덕이 맑고 절개가 높아 더욱 뛰어난 인물로 백세토록 전해지는 것이 마땅하니, 선을 쌓은 집안이라고 이를 만하다. 그런데 항상 곤궁하고 춥고 가난하였다. 비록 조정에서 녹봉을 받았지만 지위가 덕에 걸맞지 않았으므로 하늘과 사람에 의해 밝혀져야 함이 당연하다.

아! 천도가 마땅히 복을 내려야 하는 자를 밟아서 도리어 화를 내리고, 성인이 마땅히 북돋워야 하는 자를 취하여 도리어 전복시키는 것은 어째서인가? 하늘과 사람의 경계를 자세히 살펴보면, 착한 사람에게는 복이 오고 못된 사람에게는 재앙이 온다는 설은 다만 그 대략을 거론한 것이며, 주고 빼앗는 기미는 심오하고 정밀해서 일괄적으로 말할 수 없다. 또 북돋우고 전복시킨다는 가르침은 비록 속일 수 없는 것이지만 이를 시행할 성인이 다시 나타나지 않으며, 보통 사람들은 선악을 살피지 못하고 오직 힘의 강약을 보고 치켜세우거나 억누른다. 진실로 식견이 깊고 의리에 밝은 자가 아니면 여기에 참여할 수 없다. 그러므로 뜻있는 선비는 대부분 명예를 소중히 하고 복을 가벼이 여겨, 보답이 어긋나는 것에 대해서는 따지지 않는다.

옛날 공자는 "군자는 자신이 죽을 때까지 세상에 이름이 알려지지 않는 것을 싫어한다" 하셨고, 또 "군자가 인(仁)을 떠나면 어디에서 이름을 이룰 것인가" 하셨다. 태사공(太史公, 사마천)이 「백이전(伯夷傳)」을 지을 때 행실을 닦고 이름을 세우는 것으로 의론을 마쳤듯이[2] 이름은 이처럼 중요하다. 그런데 산림에 은거하여 때때로 이름이 인멸되는 이들은 어찌할 방법이 없다. 이것이 내가 군유의 일생을 슬퍼하는 까닭이다. 그래서 당세의 군자가 군유의 이름이 인멸되지 않도록 해주기를 바라는 것이다. 이에 애사를 쓴다.

사람이 오래 살기를 바라나
오래 사는 것도 한계가 있으니
길고 짧음은 굳이 물어볼 필요가 없도다.
사람이 부(富)를 좋아하나
부는 오래갈 수 없으니
가난하고 부유함은 굳이 따질 것 없도다.
군유는 요절하고 가난하였네
만약 나 씨의 세덕(世德)을 널리 떨쳐

---

2 사마천(司馬遷)은 『사기(史記)』「백이열전(伯夷列傳)」에서 "백이숙제가 비록 어질어도 공자의 기록을 얻어야 이름이 더욱 드러나고, 안연이 비록 학문에 독실하나 성인의 꼬리에 붙어야 품행이 드러난다. 바위굴 같은 자연에 사는 선비가 나가고 물러남에 이와 같은 때가 있나니, 이러한 이름난 이가 묻혀서 불러어지지 않는다. 슬프다. 마을 골목에 사는 사람이야 품행을 닦아 이름을 세우고자 하나 청운의 뜻을 이룬 선비에게 붙지 않고야 어찌 후세에 이름을 베풀 수 있겠는가" 하였다.

군유가 선대의 이름 뒤에 붙어 후세에 전해진다면
군유를 저버리지 않게 되겠지.

나덕야(羅德野)의 죽음을 애도한 글이다. 군유(君攸)는 그의
자이다. 성해응은 어려서부터 나열의 아들인 나후야(羅後野)
와 덕야 형제, 조카인 나세야와 친하였다. 글은 나덕야의 죽음
으로 인해 안정 나씨 일가와 교유하던 때를 회상하며 시작된다.

성해응은 청년 시절 나열을 방문하여 학문과 문학에 대해 토
론하곤 했는데, 이때 나후야 형제도 함께하였다. 음성 현감으
로 부임하면서 충청도에 세거하던 이들과 재회하였지만 곧 나
씨 집안사람들이 차례로 세상을 떠난다. 성해응은 지위가 덕에
미치지 못했던 이들을 안타까워하였다. 그래서 행적을 기록하
여 세상에 전하고 영원히 인멸되지 않도록 하였다.

이덕무 삼대(三代)에게 곡하다

—

李奉杲哀辭

　봉고(奉杲) 이광규(李光葵)가 순조 정축년(1817) 겨울 아무개 달 아무개 날에 갑자기 돌아갔다. 나이가 겨우 53세이니 아! 어찌 그리도 수를 누리지 못했는가?

　나는 무신년(1788) 봄 종묘 서쪽 골목에 있는 그의 집에서 그와 만난 일을 기억한다. 그때 적성(積城) 현감으로 있던 청장공(靑莊公, 이광규의 부친 이덕무)이 부친의 생신날 술과 음식은 물론 음악까지 마련하여 즐겁게 해드렸다. 나는 선친을 모시고 가서 축하드렸다. 그 자리에 모인 분들은 모두 당시의 명사였다. 시를 짓고 글씨를 쓰고 그림을 그리면서 축하연은 밤까지 이어졌다. 봉고는 아름답고 재주가 뛰어난 청년으로, 좌우에서 일을 받들어 하는데 낯빛은 온화하고 기운은 유쾌하여 집안이 다 화목한 모습이었으니, 사람들이 부러워하였다.

　나는 이해 여름에 무상(懋賞) 이공무(李功懋)와 함께 내각(內閣)에 근무하였다. 게다가 이사하여 그와 이웃해 살며 늘 아침저녁으로 서로 왕래하였다. 무상은 봉고의 숙부이다. 이때 내각의 고과(考課)가 몹시 엄중하여 직책이 있는 자는 집에 있을 수 없었다. 청장공 및 유영재(柳泠齋, 유득공)와 박초정(朴

楚亭, 박제가)이 모두 동료였는데, 이 때문에 날마다 그분들과 마주하게 되었다. 이따금 일이 없을 때면 경전과 제자서와 역사서를 섭렵하고 먼 곳의 기이한 소문까지 담소하며 즐겼다. 또 내원(內苑)에 들어가 꽃을 감상하며 낚시하는 연회에 참석할 수 있었으니, 임금의 측근 신하에 비견되었다. 간간이 시문과 사부(詞賦)를 짓고 문자를 교정하고 편수하는 일에 참여하여 그들과 깊이 토론하기도 하였다. 이와 같은 일을 5년 동안 하며, 위로는 임금의 은혜를 입고 아래로는 동료들과 즐겁게 지내는 기회를 얻었다. 나는 정말 재주 없는 사람인데, 어떻게 이러한 기회를 얻었는지 스스로 요행이라 여겼다.

얼마 뒤 봉고는 아버지와 할아버지를 여의었다. 그로부터 3년이 지나자 임금께서 특별히 이광규에게 직책을 내리시어, 아버지를 이어 다시 내각에서 일하게 하셨다. 그런데 동료들이 모이고 흩어짐이 일정하지 않아 예전 전성기만 못하였다. 경신년(1800)에 임금이 돌아가시는 아픔을 겪게 되었고, 초정은 죄를 얻어 북방의 종성(鍾城)으로 유배되었다가 사면되어 돌아오자마자 돌아갔다. 영재도 낙척하여 병을 얻어 죽었다. 나 또한 늙고 병들어 매번 옛일을 생각할 때마다 스스로 처량한 느낌이 들 뿐이었다. 지금 또 봉고를 곡한다. 30년을 살아오는 동안 그대의 집안 삼대를 곡하였다. 그 나머지 슬프고 기뻤던 일들이 복잡다단하게 떠오른다. 성쇠의 이치는 참으로 이와 같으니 아득하고 빨라서 말할 것도 못 된다.

봉고는 학문이 매우 폭넓고 총명하였다. 청장공은 글을 뽑아 베끼는 것을 좋아하셨으나 미처 문목을 정리하지 못한 채 상자 속에 어지러이 놓아두었다. 봉고가 손수 정리하여 차례가 어지럽지 않게 되었다. 또 종이와 붓을 갖추어 깨끗이 필사하여 보관해두었으니, 부친의 뜻을 잘 이루었다고 할 만하다.

봉고는 벼슬이 안협(安峽) 현감에 이르러 죽었다. 그때 나는 병이 심하여 글을 지어 곡할 수 없었다. 병석에서 일어났지만, 그의 빈소는 이미 치워졌다. 봉고의 죽음으로 인해 슬픈 마음이 더 심해진 것은 단지 그 때문만이 아니라 청장공 때문이기도 하다. 더욱이 이 슬픔이 영재와 초정에까지 미치게 되었는데, 이제는 모두 아득히 멀어져 다시는 볼 수가 없다. 이에 슬프고 괴로운 말을 쓰게 되었다.

사람이 세상에 거처하는 것은
나무 그늘에서 쉬는 것과 같아
잠시 시원함을 얻는 데 불과할 뿐.
빠르고 느림이 있다 하더라도
차이는 크지 않다.
고요하고 어둡고 쓸쓸하고 아득한 땅속에는
과연 즐거워할 만한 것이 있을까?

이덕무의 아들인 이광규(1765~1817)의 죽음을 애도한 글이다. 성해응은 1788년(정조 12) 봄 이덕무의 부친 생일잔치에서 그를 처음 만났다. 당시 이덕무, 유득공, 박제가 등이 검서관으로 재직하여 국고 문헌을 교정하고 편찬하는 틈틈이 경전과 제자서를 토론하였다. 위로는 국왕 정조의 사랑을 받고 아래로는 뛰어난 학자들과 학문을 담론하였으니, 성해응의 인생에서 가장 빛나던 시절이었다.

그러나 영원할 것만 같았던 문운(文運)과 풍류가 쇠락하기 시작하였다. 이덕무의 부친에 이어 이덕무가 죽고, 박제가와 유득공도 불우하게 죽었다. 이광규가 죽으면서, 성해응은 이덕무의 집안 삼대에게 곡하게 된 것이다.

성해응도 늙고 쇠락한 처지였다. 이광규의 부고를 듣고 이덕무의 죽음이 떠오른 데다 박제가와 유득공의 죽음이 연상되면서 기억의 지층 아래 봉인해둔 아픔과 고통이 상기되었다. 인생의 전성기를 함께한 사람들과의 추억, 그들의 쇠락과 죽음을 지켜보며 드는 회한과 무상함, 그리고 자신도 그 운명에서 비켜나지 않을 것임을 자각하면서 형성된 비애는 그를 고독하게 만들었다. 그러므로 슬프고 고통스러운 심경으로 이광규의 애사를 쓴 것이다.

실학에 힘쓴 유득공

—

柳惠甫哀辭

내가 거처하는 향산(香山) 기슭에서 남쪽으로 고개 하나를 넘어 20리쯤 되는 곳을 송산(松山)이라 한다. 유혜보(柳惠甫, 유득공) 공이 묻혀 있는 곳이다. 유혜보 공은 우리 고을 현감으로 백성에게 은택을 남긴 바 있다. 내가 내각에 근무하여 유 공과 동료로 지낸 것이 또 수십 년이었다. 공은 나보다 열두 살이 많으며, 벼슬과 교유에서 모두 선배였다. 고을 현감이 되어서는 백성 다스리는 예를 공경히 하여 바라보면 미칠 수 없는 것 같았고, 동료가 되어서는 질탕하고 해학이 넘쳐 스스로 법도에 구속되지 않았으니 마치 망년교(忘年交)를 맺은 듯하였다.

공은 어려서 아버님을 여의어 가난하였다. 몇 칸짜리 집을 마련하여 어머니를 봉양하며 살았다. 부인 이 씨는 수수하고 어질어 삯바느질로 맛있는 음식을 장만하였다. 공은 송씨 집안과 교유하였는데, 그 집안은 임금의 외척과 연관 있어 노래와 기생, 술과 음식이 밤낮으로 끊이지 않았다. 공은 그 속에서 자력으로 학문을 이루어 마침내 생원시에 합격하였다. 이때 이형암(李炯菴, 이덕무)과 박초정(박제가)은 모두 고문사(古文詞)를 제창하며 궁벽한 곳에서 스스로 즐기고 있었는데, 공을 보고는 바로 막역한 친구가 되었다.

형암은 매우 박학하여 고금의 의심되고 어려운 것을 이야기하되 물어보면 대답을 줄줄이 끊이지 않고 했다. 초정은 본성이 재기발랄하여 매번 술에 취해 고담준론을 하였는데, 칼날처럼 예리하여 범할 수 없을 것 같았다. 한편 유혜보 공이 조용히 담소할 때면 수려함에 고상하기까지 하고 문채가 은은하였다. 이 세 사람이 모이면 흥을 다해 시와 노래를 지어 우울함을 떨쳐내었으니, 선비들이 모두 전하고 외며 '신곡[新聲]'이라 하였다. 그러나 공은 실학(實學)에 힘써 대부분 지리와 명물(名物)에 관한 책을 저술하였다.

정조 즉위년에 규장각을 설치하여 학사를 두었는데 공과 형암과 초정을 뽑아 돕게 했다. 공은 조정에서 편찬 일이 있을 때마다 참여하여 임금의 뜻에 부합했고, 이것으로 자주 남다른 은혜를 입었다. 내직으로는 군자감(軍資監), 사도시(司導寺), 제용감(濟用監) 등 여러 시(寺)와 감(監)을 역임했고, 외직으로는 부(府), 군(郡), 현(縣)을 네 번이나 맡았다. 공은 또 정치에 밝아 교활한 아전이라 하더라도 털끝만큼도 속일 수 없었다.

한번은 초정과 함께 동지사를 수행하여 열하(熱河) 산장을 경유해 계문(薊門)으로 들어갔다. 열하는 옛날의 유성(柳城)이다. 변방에 인접한 이곳은 산천이 깊고 써늘하며 풍속이 거칠어, 실로 감개함이 들고 비장하기까지 하여 그 뜻을 드러내기에 충분하였다. 연경에 도착하자, 중국의 명사인 반정균(潘

庭筠), 이정원(李鼎元), 나빙(羅聘)의 무리가 온 마음을 기울여 손을 잡고 속내를 토로하였다. 회회(回回), 몽고, 생번(生番), 면전(緬甸), 대만 등 오랑캐들은 외모가 건장하면서도 괴이하였다. 그 나라의 풍속을 시문으로 지어줄 것을 요구했다. 이 때문에 공의 문장이 더욱 호방하고 뛰어나게 되었다.

옛날 목릉(穆陵, 선조)의 태평성대에 문장이 뛰어나다는 사대부들은 모두 설루(雪樓) 등 여러 사람의 풍모를 얻어[1] 마침내 신라와 고려의 비루한 관습을 진작시켰다. 그런데 공이 중국에 간 시기는 목릉 시대와 다르니 이것이 한스러울 뿐이다.

공은 삼가 대궐 안의 일을 발설하지 않았다. 하사 받은 서적과 의복, 음식, 환약으로 바깥에 자랑할 만한 것이 이루 셀 수 없을 정도였다. 한번은 공이 임금을 모실 때, 임금께서 "검서관 직에서 늙었건만 아직도 옷이 푸르구나" 하고, 곧 붉은 옷 한 벌을 하사하시었다.[2] 또 통정대부(通政大夫) 교지(教旨)를 하

---

1   설루는 명나라의 문장가인 이반룡(李攀龍, 1514~1570)이 은거하던 누대 이름이다. 이반룡은 사진(謝榛), 오유악(吳維岳), 양유예(梁有譽), 왕세정(王世貞), 오국륜(吳國倫), 서중행(徐中行)과 더불어 후칠자(後七子)로 불렸는데, 전칠자(前七子)의 복고설을 계승하여 진한(秦漢) 고문을 모범으로 삼았다.

2   '붉은 옷'은 붉은색의 얇은 비단으로 만든 조복(朝服)을 말한다. 『증보문헌비고(增補文獻備考)』 권79 「예고(禮考) 신복(臣服)」에 "영조 20년에 전교하기를 '2품 이상은 비의(緋衣), 당상관 정3품은 홍포(紅袍), 종3품 이하는 청포(靑袍), 7품 이하는 녹포(綠袍)로 하던 옛 제도를 회복하기가 어려우니, 지금의 제도로 당상관 이상은 비의, 당하관 이하는 홍포로 하여 기록하라'고 하였다" 한다. 정조는 유득공이 뛰어난 재능을 지니고 있음에도 검서관 직에 머물며 녹의(綠衣)를 입은 것을 안타깝게 여겨 붉은 옷, 즉 비의를 하사한 것이다.

사하시니, 사람들이 이 일을 영광스럽게 여겼다.

을묘년(1795) 봄 임금께서 가마를 타고 대궐 동산을 순행하다가 옥류천(玉流泉)으로 행차하셨다. 나는 공(公)과 초정 등 여러 동료와 함께 뒤따랐고, 대신과 각신들이 그 뒤를 이었다. 때는 봄비가 막 개어 꽃향기가 솔솔 풍겨오고 옥이 구르는 듯한 맑은 물소리가 들을 만하였다. 색칠된 누각들은 서로 바라보고 있었다. 수라간에서는 진미를 내와 임금 앞에 바쳤다. 다시 부용정(芙蓉亭)으로 가서 물고기를 낚았고, 임금께서는 어제시(御製詩)의 운에 화답하여 올리라고 명하셨다. 달이 떠오를 무렵에야 물러났다. 마치 어제 일처럼 또렷한데 건릉(健陵, 정조의 무덤)의 나무는 이미 많이 굵어졌으며, 공을 조문한 지 벌써 6년이다. 공은 "더 노쇠해지면 송산의 묘사(墓舍)에 돌아가 매일 소를 타고 왕래할 것이니 또한 즐겁지 않겠는가?"라한 적이 있다. 이제는 끝난 일이니, 매번 집 앞 산기슭에 올라가 공의 무덤을 바라보며 한참 동안 탄식하였다.

유득공(柳得恭, 1748~1807)의 죽음을 애도한 글이다. 혜보(惠甫)는 그의 자이다. 그는 정조 때 초대 검서관으로 선발되어 잃어버린 발해의 옛 땅을 회복하기 위해 『발해고(渤海考)』와 북방 역사의 연원을 밝히기 위해 『사군지(四郡志)』를 저술하였는데 성해응이 그 서문을 썼다.

　유득공의 일생을 담담하게 써 내려간 이 글은 유득공이 죽고 6년이 지나 기록한 것이다. 망년지교(忘年之交)를 맺게 된 사연, 학문 성향, 검서관 활동, 중국과 동남아 문인들과의 교유 등을 시간순으로 정리하였다. 역사와 지리에 관한 저술이 많은 것과 관련하여 실학에 힘썼다고 평가한 것은 적실하다. 정조와 동료들과의 행복했던 시간을 추억하며 인생에서 가장 아름다운 시절의 흥취를 자세하게 그렸다. 유득공의 무덤을 바라보는 성해응에게서 선배 학자에 대한 존경과 그리움이 잘 묻어난다.

술 마시다 죽은 이이호

—

哀李彝好文

나는 원래 술을 마실 줄 모르기에 술 마시는 자를 보면 번번이 꾸짖는다.

"사람이 세상을 살아가면서 일상생활에서 즐길 만한 것이 얼마나 많은데 하필이면 술인가? 술에 취해 왁자하게 떠들어 크게는 생명을 해치고 작게는 위의를 잃어버리니 어찌 즐길 거리가 되겠는가?"

술을 마시는 자는 이렇게 이른다.

"그대가 술의 흥취를 모르기 때문에 그렇게 말하는 것이다. 흥건히 취하면 생각이 없어지고 근심도 사라지기에 세상에서 말하는 슬픔과 기쁨, 고통과 즐거움이 나의 진정을 흔들 수 없다. 도연명(陶淵明)과 왕무공(王無功) 같은 무리는 모두 맑고 빼어나며 소탈한 이들이다.[1] 하지만 술에 취하기를 일삼았는데 저들이 어찌 아무런 이유 없이 그리했겠는가? 또 나의 삶은 유한하니 술이 어찌 해칠 수 있겠는가? 설령 해친다 하더라도 나

---

1 연명(淵明)은 진(晉)나라 도잠(陶潛)의 자이며, 무공(無功)은 당(唐)나라 왕적(王績)의 자이다. 두 사람은 벼슬을 그만두고 초야에 은거하여 시문을 지었고, 특히 술을 좋아했다고 전한다.

는 꺼리지 않을 것이다."

내가 일찍이 이런 생각으로 세상을 돌아보니, 간혹 부귀에 빠져 영리에 마음 쓰다가 자신을 해치는 자가 있고, 빈천을 근심하고 탄식하여 뇌물을 함부로 구하다가 자신을 해치는 자가 있었다. 해치기는 마찬가지므로 차라리 술을 실컷 마셔 그 몸을 마치는 자는 또한 옛사람이 말하는 '달관한 자'에 가까울 것이다. 술을 마신 자의 말이 이치에 가깝도다.

이이호(李彝好) 군은 어려서부터 웃고 떠들며 우스갯소리를 잘하여 거칠 것이 없어 보였다. 가문의 젊은이들이 모두 부지런히 공부하였지만 이 군은 홀로 마음껏 노닐었는데도 일찌감치 진사에 합격하였다. 향리에 있으면서 매번 술을 마시면 취하였고 취하면 수십 일 동안 음식을 먹지 않아, 결국 이 때문에 죽었다.

이 군은 나와 대대로 친분이 있다. 내 동생은 그의 누이에게 장가들었다. 예전에 내가 혼례를 보러 갔을 때 그의 아버지 풍헌공(楓軒公, 이숭로)의 나이는 그리 많지 않았고, 손님은 모두 마을 어른들로 수염과 눈썹이 근엄하였으며, 친척 후배들은 뛰어난 이가 많았다. 군은 이때 바야흐로 집에 들어가서는 부친의 뜻을 잘 받들었고 밖에 나와서는 곁에서 모셨다. 차려놓은 술과 음식은 모두 향기로웠으며, 가문은 빛났으니 사람들이 부러워하였다.

얼마 후 풍헌공이 돌아가시고 이어 우리 제수씨도 죽었다.

또 그 자리에 있던 손님과 친척들은 대부분 영락하였고, 군도 영영 가버렸다. 성쇠의 운수가 이처럼 갑작스럽다. 그간의 고통과 즐거움, 슬픔과 기쁨 사이에서 마음을 쓰며 낮밤으로 애태우고 제 명을 재촉하는 것이 또한 우습지 않은가? 군은 술에 빠져 벼슬하는 것과 굶주리고 목마른 것이 어떤 것인지 모른 채 기쁘게 삶을 마쳤기에, 얻은 바가 없다고는 할 수 없다. 내가 말한 '달관한 자'에 가까운 것이다. 슬프구나!

성해응의 막냇동생 성해주(成海疇)가 이이호(李彛好)의 누이에게 장가갔다. 이이호는 술을 몹시 좋아하였다. 한번 마시면 취할 때까지 마셨고, 취하면 음식을 먹지 않아 마침내 굶어 죽었다.

성해응은 자신이 술을 마시지 않았기 때문에 술로 인해 망가지는 자들을 비난하였다. 그런데 실제 술만 사람을 망가뜨리는 것은 아니다. 부귀영화를 좇거나 뇌물을 받아 패가망신하는 경우도 적지 않다. 좋아하는 술이라도 실컷 마시다 죽는 것이 훨씬 나은 것이다. 가난이나 성공에 연연하지 않고 세상을 달관한 듯한 이이호를 이해하며 그의 죽음을 애도하였다.

제2부

일상의 아름다움

돌처럼 단단한 우정

—

送金時明序

  내 나이 열네댓 살 때, 배와(坯窩, 김상숙) 선생이 동음(洞陰) 현령으로 계셨는데 자주 선친을 방문하시어 변변찮은 대접에도 꼭 주무시고 가셨다. 선친께서도 동음에 가시면 며칠을 머무셨다. 시명(時明, 김기상)과 치규(穉圭, 김기서) 형제는 이때 동자였는데 관아로 따라와 나의 외가에서 글을 배웠다. 외가 소년들은 항상 내 집을 왕래하면서 이들 형제의 재주와 품행, 글 읽고 놀던 자취를 매우 자세히 말해주었다. 나는 시골에서 나고 자라 서울 귀공자의 풍모를 본 적이 없다. 그래서 정승 집안의 자제인 시명 형제가 당연히 벼슬에 나가 국가의 동량이 되고, 난새와 고니처럼 우뚝 선 위용으로 필시 보통 사람과 다를 것이라고 여겨 그들과 교유하고자 하였으나 이루지 못하였다.

  이윽고 세상의 변고가 많아 배와 선생은 관직에서 물러나 귀향하였고, 또 온 식구를 데리고 서해 골짜기로 들어가게 되면서 격조해졌다. 중간에 배와 선생이 첨지중추부사(僉知中樞府事)를 제수 받은 은혜에 감사하기 위해 한 번 서울에 오셨기에, 나는 계동(桂東) 집에서 선생에게 인사를 드렸다. 치규는 충청도에서 올 때마다 번번이 선친을 찾아뵈었다.

경신년(1800) 단오에, 치규는 경산 이한진 공과 대구(大邱) 심상규(沈象奎) 공을 따라 나의 집에 왔다. 화사(畵師)인 단원(檀園) 김홍도(金弘道)도 왔다. 선친께서 기뻐하시며 술자리를 만들어주셨다. 우리는 모두 시원한 정자에 앉아 뜰아래 솔숲 바람소리를 들으며 술잔을 기울이고 시를 읊조리며 글씨를 쓰고 그림을 그리면서 종일토록 실컷 즐겼다. 다만 시명이 이 자리에 오지 못한 것이 아쉬웠던 기억이 아직도 난다.

2년 후, 나는 오죽관(梧竹舘)에서 벼슬하며 처음으로 이동(梨洞)의 재실(齋室)에 있는 시명을 방문하였다. 이때는 배와 선생께서 세상을 떠난 지 이미 10년이었다. 멀리로 호수와 산이 펼쳐진 그곳은 꽃과 대나무가 우거져 있었다. 띳집에는 지팡이와 신, 서책 등이 다 갖추어져 있어서 배회하는 것을 물리치지 못해 매달 한 번씩 갔다. 이윽고 내가 동쪽 골짜기로 벼슬을 옮기게 되어 이호(梨湖)에 가지 못한 것이 지금 17년이다. 그 사이 부친상을 당하였는데, 시명이 소산(踈山)의 여막으로 나를 조문하러 왔다. 9년 후 나는 아내를 잃는 슬픔이 있은 데다가 병으로 누워 있는 날이 많아졌다.

생각해보니 평생 동안 사귄 옛 친구들은 모두 멀리 있어 편지나 소식이 드물었다. 한번은 혼자 서글프게 앉아 있는데, 마침 땅거미가 어둑어둑 내렸다. 갑자기 밖에서 들어와 병문안하는 이가 있었다. 곧 시명의 목소리였다. 촛불을 켜고 서로 마주하니 기쁘고 즐겁고 감격스러웠다. 여안(呂安)이 멀리서 수레를 타고 혜강(嵇康)을 찾아간 일[1]을 이제 다시 볼 것이라 생각도 못 했기에 슬픔은 누그러지고 병이 나아졌다.

나는 세상에서 말하는 돌처럼 군건한 사귐이라는 것을 본 적이 있다. 손을 마주 잡고 옛일을 은근하게 계속 말하고, 속마음을 내보이면서 서로 의기투합하여 진실로 우리보다 더 친한 이가 없으니 급할 때 믿을 만하다고 한다. 정도가 지나친 경우 자신을 낮추어 굴복하고 태도를 곡진히 하여 원하는 것을 얻는다. 그러다가 붙좇을 만한 권세가 없어지면 훌훌 버리고 떠나 다시는 뒤돌아보지 않으며, 또 비방과 노여움을 일으키며 다투어 서로 해를 끼친다. 시명은 흥망성쇠의 때를 당하여 당연히 그러하리란 것을 모두 알고 있었을 것이다. 오직 담담하여 구하는 것이 없어야 그 사귐을 온전히 할 수 있다.

배와 선생은 일찍이 선친께 "우리 집안이 융성하고 귀할 때에는 털끝만큼 작은 것도 의지하지 않았고, 곤궁하게 되었을 때는 도리어 정이 두터워지고 뜻이 도타워졌다" 하였으니, 이것은 어려운 일이다.

일몽(一夢) 이규상(李奎象) 공과 해양 나열 공은 모두 아버

---

1 동진(東晉) 때 죽림칠현(竹林七賢)의 한 사람인 혜강은 평소 대장일을 좋아하여 자기 집에 있는 큰 버드나무 밑에서 여름철이면 일을 하였는데, 동평(東平)의 여안이 혜강의 고상한 운치를 좋아하여 혜강이 생각날 때마다 수레를 타고 천 리 길을 가서 방문하였다고 한다.(『진서(晉書)』 권49 「혜강열전(嵇康列傳)」)

님의 친구이시다. 이 공은 늘 "10년 동안 보지 않아도 소원해지지 않고, 날마다 보아도 가까워지지 않았다" 하셨다. 선친과 만나지 못한 지가 40여 년인데도 그 우애는 처음보다 더욱 돈독하였다. 나 공은 며칠 동안 선친을 만나지 못하면 곧 즐겁지 않아 매번 비서성을 방문하였고, 만나면 또 담담하게 서로 마주하여 사사로운 것에 대해서는 언급하지 않았다. 충청도로 돌아가게 되면서 늘 슬퍼하고 쓸쓸해하셨다. 계방관(桂坊官, 세자익위사)으로 도성에 오시자 선친을 뵙고 탄식하기를 "살아서 만났으니 죽더라도 여한이 없네" 하셨으니, 두 공이 벗을 사귀는 도가 이와 같았다. 나는 이러한 일들을 들어 시화(時和, 이원순) 군에게 말한 적이 있었다.

지금 시명이 떠나면서 연로하고 실의하여 이룬 것이 없음을 탄식하니, 내가 어렸을 때 기대하고 바라던 것과 같을 수는 없다. 다만 그 풍류가 돈독하고 두터워 사람을 감동시키기에 충분하다. 중간에 헤어지고 만나게 된 일을 서술하고, 또 두 공의 일을 써서 선배들이 서로 허여함이 매우 돈독하였다는 것을 알아 죽을 때까지 서로 지키게 하고자 한다.

병문안 온 김기상(金箕常, 1763~1839)을 전송하면서 쓴 송서(送序)이다. 시명(時明)은 그의 자이다. 부친은 배와 김상숙

(金相肅)이며, 아우는 치규 김기서(金箕書)이다.

성해응은 부친 성대중이 김상숙과 막역한 사이였기 때문에 어려서부터 김기상 형제와 친분이 있었다. 선대의 인연으로 처음 김기상 형제를 만난 순간부터 이후 함께한 시간을 추억하며 그리워하였다. 어느덧 세월이 흘러 성해응은 늙고 병들었다. 이때 병문안을 온 친구는 더없이 반가웠을 것이다. 김기상 역시 늙고 쇠락하여 자신의 처지를 한탄하였다. 성해응은 선대의 돈독한 우의와 아름다운 풍류를 들어 친구를 위로하고 격려하였다. 이익에 따라 움직이는 것이 흔한 세상에서, 이들의 우정은 대를 이어 돌처럼 단단하고 은은한 빛을 발한다.

선과 복은 마주치지 않는가

—

書贈菱濠羅景先

선친께서는 선(善)한 점이 있는 사람이면 매우 폭넓게 받아들이셨다. 한 가지만 선하고 다른 알려진 것이 없더라도 취하셨고, 아주 선한 점이 없더라도 선대의 인연이 있으면 취하셨다. 선한 것으로 허물을 덮는 자도 취하셨고, 선하다고 알려진 것은 없지만 허물과 비방이 없어 그 사람과 함께 선한 일을 할 수 있다고 여겨지면 취하셨다. 그리고 뛰어난 재주를 갖고 있으면서 선에 크게 어긋남이 없으면 받아들이셨다. 이같이 넓게 취하셨으니, 하물며 많은 선한 점을 두루 갖추어 세상에서 다 어질다고 일컫는 자는 말할 것도 없다. 어진 자들이 동시대에 태어나면 꼭 만나게 된다. 만나지 못하는 것은 지역이 멀거나 도가 같지 않아서다. 이러한 까닭으로, 선친께는 중년에 교유하신 삽교(雪橋) 안석경(安錫敬) 공과 해양 나열 공이 그 누구보다 절실한 사람이었다.

삽교공이 탁이산(卓異山)에 계실 때 만났으니, 이때 선친은 용촌(龍村) 임배후(林配垕)와 함께 그곳을 방문하였다. 멀리 산천 사이로 소를 탄 선비가 보이자 용촌이 손짓하며 "이 사람이 삽교네" 하였다. 드디어 서로 보고 웃으니 유연하게 마음이 맞았다. 만남을 헤아려본즉 열 번에 불과했지만 고상한 사귐은 고인(古人)에게서나 찾아볼 수 있는 것이었다.

한편 해양공이 향산(香山)의 재실(齋室)을 방문할 때마다 선친께서 몇 말씀을 하시는데 담담하여 마음에 맞지 않는 것이 없었다. 그 후 선친께서 오랫동안 비서성에서 근무하셨다. 교관(教官)으로 있던 해양공이 와서 어울릴 때면 매우 기뻐하였고, 취미산(翠微山)과 북둔산(北屯山) 그리고 서호(西湖)의 모임을 늘 함께하셨다. 마지막에 공은 황계(黃溪) 골짜기에서 부름을 받아 계방관에 선발되었다. 이때 해양공은 나이가 많았지만 위의는 더욱 정결하였다. 간혹 선친을 방문하시면 선친께서 그를 위하여 술과 음악을 마련하였다. 도성에서 명망 있고 덕 있는 이들이 모임에 많이 와서 시를 지어 이 일을 기록하니 풍류가 매우 성대하였다. 삽교공은 아들이 있지만 골짜기에 은거하고 있으니 거리가 멀어 모시고 다닐 수 없었다.

나는 경선(景先, 나후야) 형제와 예전에 이웃해 살았고, 또 도가 같아 선대의 교유를 30년 동안 이어왔는데 지금은 머리털이 성성하다. 나는 선친께서 해양공을 대하신 것처럼 경선 형제를 대하였다. 경선이 나를 대한 것도 해양공이 선친을 대하신 것과 같았다. 10년 동안 떨어져 있었다 해서 소원한 적이 없고 아침저녁으로 만났다 해서 더 친밀한 적도 없었다. 아! 이러한 우도(友道)를 두 집안 자손들에게 전하여 욕되게 하지 말 것이다.

경선의 집안은 본래 가난하여 척박한 밭 몇 뙈기마저 이미 다른 사람이 경작했다. 갚지 못한 환곡이 적체되고 집안 부채는 계속 늘었다. 올해 또 흉년이 들어 제 한 몸도 보존하지 못할 지경이니, 하늘이 복을 주는 데 무슨 기준이 있는지 감히 알지 못하겠다. 하늘이 귀하게 여기는 것은 선이라서 선한 자에게는 그 선만 더해주고 복을 더해주지 않아서인가? 천하게 여기는 것은 복이라서 복이 있는 자에게는 그 복만 더해주고 선을 더해주지 않아서인가? 선과 복이 어쩌면 그리도 서로 마주치지 않는단 말인가?

친구인 나후야(羅後野, 1769~1815)에게 쓴 편지이다. 그의 자는 경선(景先)이고 호는 능호(菱濠)이며, 나열의 아들이다. 성대중과 안석경, 나열의 고상한 사귐과 성대한 풍류를 서술한 뒤 재주와 덕을 갖추었지만 제 몸도 건사하지 못할 만큼 곤궁한 나후야의 처지를 안타까워하였다. 선대의 우도(友道)를 들어 두 집안의 우의가 더욱 돈독해질 것을 당부하면서 선과 복이 만나지 못한 나후야를 위로한 글이다.

돌아가신 선배들을 그리며

—

題海陽詩後

　　정미년(1787) 가을, 해양공이 낙산(駱山)의 동쪽 셋집에서 양산(楊山) 선영으로 가실 때, 땔감을 실어 파는 내 이웃 사람의 소를 타고 향산(香山) 정사(精舍)에서 하룻밤을 묵으셨다. 선친은 비서성에서 숙직하기 위해 도성에 계셨기에 내가 집을 지키고 있다가 반갑게 맞이하였다. 때 맞춰 가을 하늘에 비가 올 듯 구름이 끼어 있었다. 창가에 등불을 돋우고 다과를 마련해 올리며 고서화를 열람하였다. 공과 마주하여 조용히 나눈 담소는 밤이 깊도록 그치지 않았다.

　　다음 날 성묘하고 돌아오는 길에 지계(芝溪) 송재도 공 댁에 가기로 하셨다. 지계공은 마침 도성에 계셨는데 해양공이 동쪽으로 오셨다는 말을 듣고 급히 말을 타고 돌아오셨다. 석양이 사립문에서 꺾일 무렵 들판을 바라보노라니 지계공이 그때 막 도착하셨다. 서로 보고 웃자니 기뻐하는 마음이 넘쳤다. 나는 농사를 돌보기 위해 곧바로 돌아갔다. 해양공은 이틀을 묵은 후 도성으로 돌아가실 때 나에게 시 한 수를 주셨다.

　　지금 선배들의 풍모와 여운을 추억하노라면 아직도 절로 감동이 인다. 지난 31년 동안 그분들은 차례로 돌아가시고 나 홀로 흰머리를 나부끼며 병이 깊었다. 홀연 이 시를 보니 문묵(文墨)이 정채롭고 아름다워 어제처럼 선명하여 마음이 너무나 아프고 처량하다. 흥망성쇠가 마치 낮밤이 앞에서 바뀌는 것과 같으니 탄식할 거리도 못 된다. 다만 선배들의 풍모를 잊을 수 없는 데다 또 남은 자취가 사라지는 것이 안타까워 이렇게 글을 쓴다. 뒤에 이 글을 읽는 자 또한 반드시 자연스레 감흥이 일어나리라.

　아버지의 친구이며 존경하던 선배 학자인 나열이 30여 년 전에 지어준 시를 우연히 발견하고 감회가 일어 지은 글이다. 나열이 방문했을 때 마침 출타 중이던 부친을 대신해서 접대하고, 의기투합한 두 사람이 부친의 또 다른 친구인 송재도를 찾아가 즐거운 한때를 보낸 사실을 회고하였다. 선배 학자들의 풍모와 자취에 대한 그리움이 늦가을 정취와 잘 어우러진다.

대나무 없는 곳에 대나무 집이라 이름한 아우에게
―

竹谷精舍記

　아우 붕지(鵬之, 성해운)가 화산(花山) 남쪽에 집터를 잡고 꽃과 나무를 많이 심어 조용히 거처하며 즐길 곳으로 삼았다. 매화, 국화, 복숭아, 살구, 사과, 자두, 배, 무궁화, 왜홍, 산단(山丹), 작약, 모란 등 모두 몇십 종을 심었다. 그런데 오직 대나무만 한 그루도 없었는데 대나무로써 거처하는 골짜기의 이름을 삼았다.

　내가 그 이유를 물으니, 아우가 대답하였다.

　"제가 이전에 감악산(紺嶽山) 기슭에서 대나무를 베어다 뜰에 고루 심어놓고 부지런히 물을 주고 두둑이 북을 주었는데 한 그루도 번식하지 않았습니다. 저는 데려오기 어려운 것을 귀하게 여겨, 그것으로 이름을 삼고 사모하게 된 것입니다."

　나는 탄식하며 말하였다.

　"내가 들으니, 대나무는 감악산 기슭에 나서 종종 끝없이 은택을 베푼다. 토착민들은 일상에 사용하는 기물의 재료를 대부분 대나무에서 취하기에 함부로 베고 아끼지 않는다고 한다. 여기에서 그곳과의 거리는 50리에 불과한데 군은 이식시키지 못하여 이처럼 귀하게 여긴 것이다.

무릇 대나무는 하찮은 식물이다. 그러나 만약 적합한 땅을 벗어나거나 그 본성을 어겨 심으면, 무성하게 키우는 것은 불가능하다. 하물며 선비의 절개는 대나무보다 낫지 않은가?

대저 학은 구름 너머에서 날아올라 풀숲과 연못 속에 살다가 찬 이슬을 경계하여 잘 곳을 옮기니 그 근심 걱정이 매우 크다. 그런데 그물로 잡아 기를 수 있는 것은 내가 모이로 그것들을 이롭게 함이 있어서다. 사슴은 산림 속에 살면서 맑은 물을 마시고 풍성한 풀을 밟고 있으니 이보다 한가롭고 유유자적할 수가 없다. 그런데 사로잡아 탈 수 있는 것은 나의 힘으로 그것들을 몰 수 있어서다. 나는 학과 사슴처럼 맑고 심원한 것을 데려올 수 있는 방법을 가지고 있다. 저것들은 모두 제 살던 땅을 떠나고 본성을 어기면서 나아온 것이다. 이것으로 대나무가 더욱 사모할 만한 것임을 알 수 있다.

나는 이것을 사람에게 적용해본다. 겸가(蒹葭)의 군자가 물가에 사니 물고기와 새가 가까이 노닐었다. 그런데 진(秦)나라 사람이 감탄하면서 물을 거슬러 올라가 찾았으나 만나지 못했다.[1] 노(魯)나라의 두 유생은 좁고 누추한 집에서 독서했지만 가난을 스스로 달갑게 여기니 숙손(叔孫)이 불러들일 수 없었

---

1 만나고 싶은 사람을 만나지 못하게 됨을 애석하게 여기는 뜻이다. 『시경(詩經)』「진풍(秦風)」'겸가'에 "갈대가 창창하니, 흰 이슬이 마르지 않았도다. 이른바 저 사람이, 물가의 한쪽에 있도다. 물결 거슬러 올라가 따르려 하나, 길이 막히고 또 높으며, 물결 따라 내려가 따르려 하나, 완연히 물 가운데 모래섬에 있도다"에서 인용한 말이다.

다.[2] 정자진(鄭子眞)은 초야에서 밭을 갈면서도 서울에 명성을 떨쳤는데 강성한 다섯 제후도 그를 굴복시킬 수 없었다.[3] 저 몇 사람은 실로 데려오기 어려운 실제가 있었기 때문에, 남에게 이끌리지 않았다.

군은 바야흐로 은거하여 가르치다가 겨를이 나면 채소밭을 일구고 기장과 조를 심으며 닭과 돼지를 길러 세상의 부귀영화를 보더라도 아득하여 마음이 동요되지 않았으니, 땅을 잘 골랐기 때문인가? 본성 기르기를 즐겨서인가? 데려오기 어려웠던 저들을 사모할 뿐만 아니라 또 자신을 위하여 데려올 수 없는 실제 때문인가? 이것이 이른바 절개가 대나무보다 낫다는 것인가? 저 매화, 국화, 복숭아, 살구, 사과, 자두, 배, 무궁화, 왜홍, 산단, 작약, 모란 등은 꽃과 열매의 색과 향기의 아름다움이 비록 대나무보다 뛰어나지만 도리어 데려와 키우기 쉽기에 군이 이것들을 취하지 않았으니 취사를 분별할 줄 안다고 할 만하다.

2　한(漢)나라 숙손통(叔孫通)이 예악(禮樂)을 제정하기 위하여 노나라의 제생(諸生) 30여 인을 불러들였을 때, 두 유생이 불응하면서 "지금은 천하가 막 평정된 때라서 죽은 자들도 장사 지내지 못하고 있는데, 이런 때에 예악을 정하려 한단 말인가. 예악이란 적어도 덕을 쌓은 지 백 년은 지나야 흥기되는 것이다" 하였다고 한다.(『사기』 「숙손통열전(叔孫通列傳)」)

3　자진(子眞)은 한나라 정박(鄭樸)의 호이다. 성제(成帝) 때 대장군 왕봉(王鳳)이 초빙하였으나 거절하고 곡구(谷口)에서 농사지으며 살았는데 경사(京師)에 이름을 떨쳤다고 한다.(『법언(法言)』 「문신(問神)」)

성해응의 동생 성해운(成海運, 1764~1843)이 고향 포천의 화산 남쪽에 집을 짓고 죽곡정사(竹谷精舍)라 명명한 이유와 의미에 대해 기록한 글이다. 성해운의 자는 붕지(鵬之), 호는 봉와(鳳窩)이다. 성해운은 새로 지은 집에 아름다운 꽃과 나무를 골고루 심었는데, 유독 대나무가 빠져 있었다. 대나무는 옮겨 심으면 죽기 때문이다. 이식하는 것이 어려운 대나무의 본성을 사모하여 새 집의 이름을 죽곡정사라 한 것이다. 성해응은 이식하기 어려운 대나무의 절개를 사모하고 이를 선비의 지절(志節)에 비유하여 죽곡정사라 명명한 아우를 칭찬하고 격려하였다.

내가 연꽃을 사랑하는 이유
—

竹谷賞荷記

나는 연꽃 감상하는 것을 좋아해서 이것에 대해 자주 기록하였다. 연꽃은 더러운 곳에 살아도 물들지 않으며, 온갖 꽃이 피고 난 뒤에야 비로소 핀다. 꽃은 아름답고 정결하여 요망하거나 화려한 색이 없으며, 또 땅을 뚫고 떨쳐 나오니 지식, 겸양, 바름, 용기 등 네 가지 덕을 갖추었다. 내가 연꽃을 좋아하는 것은 그것이 아름다워서가 아니라 그 덕 때문이다.

나는 화훼를 재배하는 것을 좋아하여 그 본성에 대해 잘 알고 있다. 뿌리에서 싹이 나고 싹에서 줄기가 생기며 줄기에서 가지가 나고 가지에서 잎이 나고 잎에서 꽃이 피며 꽃에서 열매를 맺으니, 이것은 자연의 이치다. 그런데 간혹 씨 뿌리고 나무 심는 법이 잘못되고 거기에 토양까지 맞지 않으면 식물은 시들시들하다가 일찍 죽어버려 대부분 그 본성을 이룰 수 없다. 자연의 이치로 인해 그 본성의 기회를 이루지 못하는 때를 만나는 경우도 많다. 그러므로 이름난 꽃과 아름다운 초목이 번성하여 크게 자라기란 본래 어려운 것임을 알 수 있다. 무성하게 자랐다면 천리(天理)의 공평함을 통달하여 물성(物性)의 아름다움을 이룬 것이니, 기뻐할 만하다.

나는 일찍이 뜰 아래에 작고 네모난 연못을 만들고 연꽃 두 서너 뿌리를 심어 꽃을 감상하려 하였으나, 이내 물을 주는 어려움 때문에 고생하였다. 게다가 연꽃이 점점 불어나 이 연못으로는 수용할 수 없는 것이 안타까워 죽곡(竹谷)의 연못으로 옮겨 심었다. 이 연못은 넓고 물이 고요하여, 연꽃이 막히고 눌리는 근심은 사라졌다. 몇 년 안 되어 연밥이 매우 무성해져 못의 반을 덮었고 꽃도 백여 송이나 피었다. 이렇게 빨리 자랄 줄은 기대하지 않았다. 사물이 기대한 대로 나아가는 것도 다행인데 하물며 빠르기까지 함에랴?

　계미년(1823) 늦가을, 둑 옆으로 난 오솔길을 따라 작은 섬 위에 앉으니 가을 향기가 맑고 심원하였다. 가만히 마주하노라니 번뇌가 씻기고 깊은 시름이 잊혀 마치 군자의 덕에 감화되면서도 스스로 알지 못하는 것과 같았으니 또한 기쁘지 않겠는가?

　나는 40년 전의 이 연못을 기억한다. 이때 연못에는 연꽃이 가득하였다. 그런데 홀연 줄어들더니 하나도 남지 않고, 연못은 부들과 피로 채워져 꽃을 피우지 못했다. 지금 다시 무성한 연꽃을 보니, 흥망성쇠를 서로 앞서 찾는다는 것은 진실로 말할 만한 가치가 없다.

　연꽃은 부들, 피와는 아름다움과 추함이 달라 형세상 함께 존재할 수 없다. 따라서 늘 연못을 가꾸는 사람들에게 부들과 피를 제거하되 뿌리까지 캐내어 더 불어나지 않도록 주의를 줘야 한다. 그런 뒤에야 연꽃이 망가지지 않는다.

흑과 백이 구분되지 않는 것은 어지러움의 근원이며, 사악하고 바른 것이 뒤섞이는 것은 위태로움의 근본이다. 한 송이 꽃의 흥망성쇠를 보아도 그 기미를 알 수 있다. 하물며 한 사람의 공사(公私)와 의리(義利)의 경계에 있어서이겠는가? 자신을 다스리는 것은 어찌해야 마땅한가? 나는 또 근심스럽고 두려워 경계한다.

송나라 학자 주돈이(周敦頤)는 꽃 중의 군자라 하여 연꽃을 극찬하였다. 성해응 역시 지식, 겸양, 바름, 용기 등 연꽃의 사덕(四德)을 사모하고 그 본성을 인간에 비유하였다. 연못에 핀 연꽃의 흥망성쇠를 통해 인간이 나아갈 길을 제시한 것이다. 연꽃이 피는 것을 방해하는 부들과 피의 뿌리까지 없애야 하듯 분란과 위험의 근원인 이익을 탐하는 사사로운 마음이 생기는 것을 두려워하고 경계할 것을 당부한 글이다.

명산을 유람하는 이유

—

名山記序

　장자(莊子)는 "큰 수풀이나 언덕, 산 따위가 사람들에게 좋은 까닭은 정신이라는 것이 서로 간의 다툼을 감당할 수 없기 때문이다"[1] 하였는데, 이 말이 매우 묘하다. 저 넉넉하고 예쁘고 기괴하고 아름다운 것이 도대체 인간과 무슨 상관이 있는가? 곧 만남에 따라 의경(意境)을 발현하니, 즐거움을 취하고 근심을 풀며 막힌 것을 통하게 하고 번잡함을 쏟아내기 때문이다. 이것을 얻는 데에는 깊고 얕음이 있다. 그러나 속세의 명성에 구속되고 벼슬에 뜻을 두어, 나아가고 물러남이 반걸음밖에 안 되며 몸을 움츠리고 관계에 얽히면 그 경지에 도달할 길이 없다.

　대체로 저 몸을 얽매는 세상의 온갖 괴로운 일을 벗어버리고 구름과 달을 쫓아 높은 데에 올라가서 툭 트인 사람은 진실로 보통 사람보다 낫다고 할 수 있다. 그러나 산수의 정취를 취하는 것이 어찌 이에서 그치겠는가? 『시경(詩經)』에서 교훈한

1　여유 없는 일상적인 공간에서는 서로 다투고 경쟁하는 것을 감당할 수 없기 때문에 사람들은 큰 수풀이나 언덕, 산을 좋아한다는 뜻이다.(『장자(莊子)』「외물(外物)」)

"산악이 신(神)을 내려 보후(甫侯)와 신백(申伯)을 내셨도다"[2]는 구절을 보면, 정기(精氣)를 온축하여 때때로 뛰어난 인물을 내어 세상에 도움 되는 것이, 악독(嶽瀆)[3]에서 구름을 내고 비를 일으키는 것과 같음을 알 수 있다. 그러니 어찌 다만 한때의 경치를 보면서 즐거워하고 근심을 풀며 막힌 것을 통하게 하고 번잡함을 쏟아내게 하는 데 그칠 것인가?

또 『시경』의 "고산앙지(高山仰止)"[4]와 『맹자(孟子)』의 "관수유술(觀水有術)"[5]을 읽으면, (산수는) 신령함을 잉태하고 있을 뿐만 아니라 아득하게 오래도록 견고하게 응결되어 도와 함께 쉬지 않음이 있다. 즐거움을 취하고 근심을 풀며 막힌 것을 통하게 하고 번잡함을 쏟아내는 것은, 시인과 묵객(墨客)이 빼어남을 숭상하고 한적함을 높이는 것에 불과하다. 만약 정기를 온축하여 뛰어난 인물을 낸다면, 반드시 도의를 품고 세교(世敎)에 도움을 주어 명문장으로 이름을 날리는 자일 것이다.

---

2 주 목왕(周穆王)의 어진 재상인 보후와 주 선왕(周宣王)의 어진 재상인 신백이 모두 높은 산의 정기를 받아 태어났음을 노래한 것이다. 『시경』 「대아(大雅)」 '숭고(崧高)'에 "높다란 저 산이 우뚝하여 하늘에 닿았도다. 산악이 신을 내려 보후와 신백을 낳았도다(崧高維嶽, 駿極于天. 維嶽降神, 生甫及申)"는 구절에서 온 말이다.

3 오악(五嶽)과 사독(四瀆). 오악은 중국의 다섯 명산으로 태산(泰山), 화산(華山), 형산(衡山), 항산(恒山), 숭산(嵩山)이며, 사독은 네 개의 큰 물로 양자강(揚子江), 황하(黃河), 회수(淮水), 제수(濟水)이다.

4 옛사람 중에 높은 덕이 있는 자를 사모하는 것을 말한다. 『시경』 「소아(小雅)」 '거할(車舝)'에 "높은 산을 우러르고 큰길을 따라가네(高山仰止, 景行行止)"라는 구절이 있다.

5 물을 관찰하는 방법이 있음을 말한 것이다. 여울물을 보면 그 근원이 있음을 알 수 있다는 뜻으로 도의 근본이 있음을 비유한 말이다. 『맹자』 「진심(盡心)」 상(上)에 "물을 관찰하는 방법이 있으니 반드시 그 급한 여울물을 보아야 한다(觀水有術, 必觀其瀾)" 하였다.

아득하게 오래도록 견고하게 응결되어 도와 함께 멈추지 않는 것으로 말하자면 어진 자와 지혜로운 자가 즐거워하고 동정(動靜)이 음양(陰陽)을 꿰뚫은 것이다. 이 어찌 사람이 보는 것에 깊고 얕음이 있으며 터득하는 것에 크고 작음의 다름이 있어서가 아니겠는가?

나는 어려서 멀리 유람하기를 원하여 우리나라의 산맥을 고찰하고 지맥을 살펴보았다. 세상에서 말하는 신령한 지역이 대부분 그 속에 섞여 있었다. 무릇 백두산은 매우 황막한 가운데서 우뚝 솟아 왼쪽 줄기는 두만강을 끼고 동으로 뻗어 어둡고 빽빽하며, 오른쪽 줄기는 압록강을 끼고 서로 뻗어 바위와 골짜기가 험하다. 모두 뛰어난 인물을 내고 헌걸찬 이를 길러주니, 말갈과 여진이 일어난 이유다. 가운데 줄기는 꿈틀꿈틀 구불구불 요동치며 올라가 기이한 형상의 금강과 설악이 된다. 마치 석가가 물외(物外)에 우뚝 서 있는 것과 같다. 왼쪽으로 맑은 기운을 뽑아 백악(白嶽, 북악산)이 되니 우리나라 억만 년의 도읍이 되었다. 또 조령에서 그 세력을 떨쳐 멀리 충청도로 굽어 들어가 남북을 나누어 찬란한 문명의 기운을 냈다. 이러한 까닭에 우리나라 유학자들 중에는 남쪽에서 나온 사람이 매우 많다.

백두는 동북의 황막하고 먼 경계에 있어서 어질고 명철한 중국 왕들이 제사를 지내지 않았지만, 태어난 이는 신령하고 뛰어난 자가 많다. 그런데 백두를 보는 자들은 괴기한 것을 탐색하는 데 그쳐 본체가 어떠한지 살피지 못했다. 내가 듣기로는, 온축한 것이 단정하고 화려하여 북방 기운과는 다르며, 길이 편하여 가파른 곳을 에워 잡고 오르는 어려움이 없으니, 온화하고 순수한 사람과 닮았다 한다. 어질고 지혜로운 자가 즐기기에 어찌 부족하겠는가? 그러므로 나는 「명산기(名山記)」를 엮어 우리나라의 여러 산이 백두산을 조종으로 삼고 있음을 밝힌다. 도를 살피는 군자는 반드시 취함이 있으니, 산에 오르는 즐거움과 잉태의 기이함 때문만은 아닌 것이다.

전국의 명승지를 두루 유람하고 선배들의 산수기를 열독한 뒤 기록한 「명산기」의 서문이다. 성해응은 답답하고 번잡함을 풀고, 정기를 모아 인재를 배출할 수 있기 때문에 산수 유람을 즐겼다. 그런데 아름다운 풍광을 즐기는 데 한정하지 않고, 호연지기를 배양하여 경세(經世)에 도움이 될 것을 당부하는 등 적극적으로 의미를 부여하였다.

이러한 이유로 백두산에 남다른 관심과 애정을 표출하여 「명산기」를 편찬한 것이다. 백두산을 직접 유람한 것은 아니지만 진작에 백두산이 우리나라 산의 종장(宗匠)임을 인식하여 「백두산」을 기록하고 유람하지 못한 아쉬움을 대신하였다.

물고기를 기르며

—

養魚小記

사내아이가 냇가에서 작은 물고기 두 마리를 잡아서 보여주었다. 나는 물고기가 살 수 있는데도 끝내 살지 못할까 안타까웠다. 그래서 나무 표주박에 몇 되쯤 물을 담아 그 안에 물고기를 풀어주고 매화분 아래에 두었다. 물고기는 이내 꼬리를 흔들고 지느러미를 치면서 즐거워하는데 마치 강호에서 노니는 듯하였다. 얼마 뒤 그중 한 마리는 화분 밖으로 뛰쳐나갔다가 죽고, 나머지 한 마리는 겨울을 지내고 살았다. 봄기운이 찾아와 만물이 모두 소생하자, 나는 물고기도 점점 더워져 표주박에 있으면 마침내 그 본성을 이루지 못할까 염려되었다. 그래서 아이에게 앞 냇가에 풀어주도록 하고 탄식하여 말한다.

"지극히 작은 저 물고기는 한 홉 되는 작은 물에 의지하고 있었으니 매우 힘들었을 것이다. 그런데도 자신을 온전히 보호한 것은 요행이다. 더구나 지난겨울 극한에 모든 시내가 말라버려 방어, 잉어, 메기, 연어처럼 큰 물고기들은 대부분 살아남지 못하였는데, 이 작은 물고기가 얼어 죽지 않은 것은 요행 중의 요행이다. 그러나 이 물고기는 제수용으로 쓸 수도 없는 것이므로 내가 힘써서 베풀 수 있었다. 만약 기름지고 맛이 좋아삶아 먹을 수 있는 것이라면 내 힘을 또한 베풀 수 없었을 것이다. 앞 시내에 풀려난 뒤 깊숙한 서식처를 의지하여 수레를 가득 채울 만큼 큰 것이 되었다면, 이를 엿보고 온 힘을 다해 잡고자 하는 사람들의 그물과 낚시에 걸려 끝내 삶겨지는 신세가 되었을 것이다.

대저 미세한 물건이 처지에 따라 안주하지 못하고 문득 스스로 그 힘을 떨쳐 움직이면 죽음을 면치 못하게 된다. 또 깊은 연못에 살면서 즐거워하다가 사람들이 탐내게 되면 스스로 죽음을 면할 수 없게 된다. 사물이 살아감에 작은 것은 길어지기를 바라고 가는 것은 커지기를 바란다. 그러나 길어지고 커지면 근심도 이와 같아지니 장차 어디에 처할 것인가? 무릇 천지(天地)의 덕은 살리는 것을 주로 한다. 사람과 사물은 모두 천지에서 기운을 받고 겸하여 그 인(仁)을 체득해야 마땅한데, 도리어 서로 해치기를 그만두지 않는 것은 어째서인가?"

작은 물고기를 통해 인간의 처세에 대해 말하고 있다. 가난한 사람은 부자가 되기를 원하고, 힘없는 사람은 권력자가 되기를 바란다. 그런데 부자가 되고 권력을 가진다고 해서 다 행복해지는 것은 아니다. 오히려 갈등과 근심이 더 많아지는 경우를 심심찮게 볼 수 있다. 미약한 인간이 세상을 살아가기 위해서는 과욕을 부리지 않고 현재 처한 상황에 만족하는 것 또한 하나의 대안이 될 수 있음을 말한 글이다.

병상에서 쓴 편지

—

寄沈橋金元博尹聖兪書

   가을 기운이 선뜻 느껴지는데 병들어 침상에 누워서 밤낮으로 그리워하고 있습니다. 심교(沈橋, 이사한) 노인의 설사병이 차도가 있다는 말을 들었습니다. 원박(元博, 김기보)과 성유(聖兪, 윤광창)의 병세도 점차 나아진다 하니, 수양하는 사람이 병의 차도가 있는 것은 진실로 당연합니다. 다만 노인의 근력은 썩은 나무가 바람을 맞는 것과 같습니다. 더욱 조섭하고 치료하여 노년을 누리시는 것이 어떻겠습니까?

   아우는 처음에 눈병을 앓았는데 지나치게 우려한 나머지 마침내 마음의 불이 올라오는 데 이르게 되었습니다. 처음에는 눈병이 나으면 마음의 불도 내려갈 것이라고 여겼지만, 눈병에 대한 걱정이 사라졌는데도 마음의 불은 여전합니다. 또 정자(程子)의 "처음 벼슬하는 선비는 남을 사랑하는 데 마음을 써야 한다"는 가르침을 잘못 읽어, 국가 정책과 백성 근심에 지나치게 마음을 쓰느라 늘 무익한 걱정을 하였습니다. 더욱이 경전과 역사서를 읽으며 매번 고인(古人)이 힘을 들인 곳에서 탐색하다가 터득하지 못하면 번민하고 조급하였으며, 충신과 열사가 참혹한 일을 당하면 그때마다 강개한 심정을 이기지 못해 눈물을 흘렸습니다. 이 모든 것이 마음에 맺혔다가 지금 병 기운을 끼고 나타나서 더욱 괴롭고 우울합니다.

스스로 생각건대 40년 동안 독서하면서 근원이 되는 것에 힘을 다하지 못한 것이 실로 한스럽습니다. 우리 몇 사람은 마음 맞는 것이 고인보다 못하지 않다고 생각합니다. 지금 노년에 병으로 자리에 누워 오랫동안 얼굴을 보지 못하니, 이 그리운 마음을 어떻게 잊을 수 있겠습니까?

올봄 성유의 편지에서 아우가 삼색화(三色花)를 꺾어주었다고 했는데, 서로 사랑하는 마음이 꿈속에서 이렇게 드러난 것입니다. 부디 자신을 아껴 향기 진한 이 꽃처럼 되는 것이 어떻겠습니까? 아우는 만년의 절조가 이 꽃에 부끄러움이 많습니다. 병중에 억지로 쓰니 벗들께서 제 마음을 알아주십사 합니다.

둔촌(遁村) 이장영(李章英) 어른께서 돌아오신 후 편지를 주셨는데, 병들고 피곤하여 즉시 답장을 드리지 못했습니다. 옛날에 돌아가신 할아버지께서 능호공(凌壺公, 이인상)의 병 소식을 듣고 두릅을 보내드리자, 공이 편지를 써 지극한 정에 감사하였는데 필묵이 아름다워 더욱 맑고 청아함을 느꼈습니다. 아우는 병들어 정신이 혼미하고 힘을 쓰기가 어려워져, 선배들의 공부를 쉽게 좇아갈 수 없음을 더욱 깨닫습니다. 인편이 있거든 이 뜻을 전해주시기 바랍니다.

고향 친구들에게 자신의 심경을 솔직하게 토로한 편지이다. 성해응이 은거하면서 저술에 몰두하던 중 기록한 글로 보인다. 당시 성해응은 눈병으로 고생하고 있었는데 단순한 안질이라기보다 스트레스가 쌓여 발병한 듯하다.

　그는 관직에서 물러난 후에도 국가와 백성에 대한 걱정을 멈추지 않았으며, 아무것도 할 수 없는 처지에서 오는 상실감을 크게 느꼈다. 조카 성우증은 백부가 은퇴한 뒤에도 조정의 소식을 들으면 탄식하며 눈물을 흘리는 등 세상사를 잊는 데 과감하지 못했다고 말한 바 있다. 성해응을 고민하고 우울하게 만든 여러 요인이 해결될 기미가 보이지 않으면서 마음의 병과 함께 눈병이라는 신체적 고통이 동반된 것이다.

포천 지역의 공부 모임

—

詩社記

　청성(靑城, 포천)이 학문의 고장으로 이름난 것은 시사(詩社)에서 시작되었다. 옛날 영조 무진년(1748)에 고을 원로들이 과거 공부를 위해 시사를 결성하여 젊은이들을 가르쳤다. 학업을 마치자 선친은 판서 권 공(權公, 권엄)과 함께 진사시와 문과에 합격하였다. 분고(汾皐) 이 공(李公)은 문과에 급제하였으며, 풍헌(楓軒) 이 공과 송정(松亭) 이 공, 동교(桐橋) 이 공은 진사시에 합격하였다.

　그로부터 27년이 지난 갑오년(1774)에 판서 권 공과 선친이 다시 시사를 결성하셨다. 나와 내 아우 해운(海運), 봉원(鳳元) 이한교(李漢喬)와 그의 아우 석로(錫老) 한규(漢奎), 사희(士希) 이득현(李得賢)과 그의 아우 사겸(士兼) 익현(益賢), 망지(望之) 권대관(權大觀), 중길(仲吉) 이광보(李光輔), 사현(士玄) 조만운(趙萬運)이 참여하여 모두 진사시에 합격하였다. 봉원은 문과에도 급제하였다. 또 40년이 지난 순조 계유년(1813)에 다시 시사를 결성하여, 내 아들 헌증(憲曾)과 조카 우증(祐曾)·익증(翼曾)이 참여하여 모두 진사시에 합격하였다. 12년이 지난 갑신년(1824)에 다시 옛날처럼 시사를 결성하였다.

내 나이 15세 때를 기억한다. 처음 시사에서 노닐며 선배와 어르신들을 보았다. 그분들은 모두 고령인 데다 엄숙한 위의로 자리에 앉아 계셨다. 항상 사모하고 우러러보아 그분들에게 미칠 수 없을 것만 같았다. 이제 51년이 되었다. 나는 어느덧 이미 선배와 어르신들의 자리를 맡아 자질(子姪)들을 가르쳐 작은 성과가 있었다. 또다시 그 손자들을 가르치고 있으니, 노쇠한 것은 실로 당연하다.

무릇 선비가 태어나면 반드시 명성을 세상에 알리고 싶어 한다. 하지만 지금의 과거 공부는 명성으로 삼을 만한 것이 못 된다. 그런데 국가는 이것으로 선비를 뽑으니 입신양명하고자 하는 선비가 이것을 버려둘 수 있겠는가? 그래서 어릴 때부터 과거 공부를 먼저 하긴 하지만 이것을 학문으로 여겨 평생 동안 할 수는 없다.

난정수계(蘭亭修禊) 이후로 백낙천(白樂天)의 향산(香山)과 문언박(文彦博)·사마광(司馬光)의 낙양기영회(洛陽耆英會), 소식(蘇軾)·황정견(黃庭堅) 등의 서원아회(西園雅會)에 이르기까지 모두 한때 성대함을 다하였다. 그러나 내 고장의 시사처럼 연속적으로 결성되어 끊어지지 않았다는 말은 듣지 못했다. 한때 성대함으로 당시 세상을 권면하고 가르쳐 사람들이 모두 찬탄하지만, 풍채가 한 번 지나간 뒤를 생각해보면 그저 폐허로 끝나버리고 말았다. 그 담소하고 풍류를 즐기던 자취를 구하려 해도 얻을 수 없을 따름이다.

돌아보면 내 고장의 시사는 일찍이 백낙천과 문언박, 사마광과 소식·황정견의 풍모를 사모하여 그 규범을 전하고 인재를 기르는 뜻을 돈독히 하였다. 뒤 세대가 모두 부형의 가르침이 여기에 있음을 알아 실추시키지 않고 다투어 재주와 기량을 갈고 닦으며 포부를 펼 수 있게 하였다. 과거 문장이 작은 재주이긴 하지만 유독 이것으로 초학자가 학문에 진입하는 계단으로 삼을 수 없을 것인가? 요컨대 어떻게 발휘하는가에 달려 있을 뿐이다. 옛날 공자(孔子)께서 "글로 벗을 모으고 벗으로 인을 돕는다" 하였으니, 글로 벗을 모으는 것은 성인이 허락한 것이다. 또한 모을 뿐만이 아니라 장차 인을 돕기도 할 것이니, 이것이 내 고장이 시사를 결성한 뜻이다.

1748년(영조 24) 포천의 원로들은 젊은이들에게 공령업(功令業)을 가르치기 위해 처음 시사를 결성하였다. 시사는 선비들이 모여 시를 짓고 교유하는 모임이며, 공령업은 과거 시험을 준비하는 공부이다. 그런데 이 시사는 보통의 시사와는 성격이 다르다. 시작(詩作) 활동을 하며 우정을 결속하기도 하지만 그보다는 젊은이들에게 공령업을 가르쳐 과거에 합격시키는 것을 우선 목표로 둔 것이다.

이 시사는 4차에 걸쳐 지속되었으며 이를 통해 18명이 과거에 합격하여 성과가 컸다. 성해응의 집안도 6명이 합격하여 지역 사회에서의 위상을 공고히 하였다. 성해응은 76년 동안 네 차례에 걸쳐 연속적으로 결성된 시사를 통해 문향(文鄕)으로의 포천에 강한 자부심을 표출하였다.

시사를 통해 인재를 모으고 학문을 진작시키는 것이 이 시사가 결성된 이유였다. 서족 명문가의 위상을 다지기 위해서는 무엇보다 가문을 빛낼 인재가 필요했다. 이를 위해 과거 공부를 권장하고 합격을 위한 집단적이며 체계적인 학습 지도의 발판을 마련했다는 점에서 매우 흥미로운 글이다.

아우의 회갑을 축하하며

—

仲弟鵬之六十一歲序

올해 갑신년(1824) 2월 무술일은 군(君)의 환갑날이다. 나는 군보다 네 살이 많은데 처음 태어나던 그 모습을 기억한다. 선친은 사행의 일로 일본에 가시어 아직 돌아오지 않은 상태였다. 어머니는 이때 서른여섯 살이었는데 집안일로 힘들어 늘 기운이 부족한 데다 출산할 때 많은 피를 흘려 자못 위험한 상황이었다. 당시 나는 어리석은 아이로 걱정할 줄도 모르고 옆에서 '응애' 하고 우는 군을 보고 웃으며 즐거워하였다.

군은 태어나면서부터 병치레가 많아 어머니가 늘 군을 업고 마루 기둥 사이를 거니셨다. 그러다가 갑자기 업힌 상태에서 위를 본 채 떨어진 적이 있다. 이때 매우 놀란 어머니는 군을 따뜻하게 품어서 소생시켰다. 한번은 선친의 울진 임소에 따라갔다가 우리 형제 모두 천연두를 앓았는데 군은 더욱 심하였다. 선왕고(先王考, 돌아가신 할아버지)께서 들어와 보시고 "천명(天命)이니 걱정하지 말고 다만 기도를 하여라" 하셨다. 어머니가 추운 날인데도 목욕하고 기도하시니 무사할 수 있었다.

군이 점차 커가면서 예법에 얽매이지 않자, 어머니는 제멋대로인 군을 염려하셨다. 이를 두고 선친은 "아이가 늘 공부하고 있으니 끝내는 반드시 성취할 것이오. 우선 내버려두시오" 하셨다. 나는 군과 함께 자랐기 때문에 아이 때 일이 모두 하나하나 가슴속에 남아 있어 잊을 수가 없다.

군은 일곱 살에 숙부의 양자로 갔다. 숙모는 혼자 살다가 군을 얻고는 너무나 기뻐 각별히 사랑하며 기르셨다. 군은 이미 성장해 관례를 치렀으며 장가들어 자식을 둔 데다 진사시에 응시하여 합격하고 6품 벼슬에 이르렀다. 그동안 숙모는 부지런히 군을 돌보았으니, 어렸을 때부터 노년에 이르도록 계속하신 것이다. 숙모가 돌아가신 지 이제 5년이다. 그리고 군은 환갑이 되었다. 우리 형제는 마주 대할 때마다 사모하며 애통해했다.

이 기쁜 경삿날 집안사람들은 술과 음식을 마련하고 집 안 가득히 친척과 이웃 사람들을 초대하였다. 아들들이 다투어 술잔을 올리며 축수하고 손자들은 무릎을 둘러싸며 떠들썩하게 웃으니, 즐거운 잔치라고 할 만하였다.

무릇 입신양명은 효의 마지막이다. 우리 형제는 조정에서 크게 현달하여 선대의 아름다운 이름을 퍼뜨리지 못하였다. 더욱이 수신과 고결한 행동으로 세상에 알려져 선대의 뛰어난 역량을 발휘하지 못한 채, 다만 조상의 그늘에 의지하여 모두 육십을 넘겼다. 나이가 달존(達尊)[1]이 되는 것은 무엇 때문인가?

---

1   천하 사람들이 모두 높이는 벼슬과 나이와 덕(德)을 가리킨다. 맹자는 "천하에 달존이 세 가지인데, 작위와 나이와 덕이다. 조정에서는 작위만 한 것이 없고, 고을에서는 나이만 한 것이 없고, 세상을 보도(輔導)하고 백성을 기르는 데는 덕만 한 것이 없다"고 하였다.(『맹자』 「공손추(公孫丑)」 하)

경험이 오래되고 견문이 많아 남에게 선을 미칠 수 있기 때문이다. 그렇지 않다면 그저 진부한 사람일 뿐이니 어찌 귀하게 여길 것인가?

우리 집안은 대대로 문학과 의리에 맞는 행동으로 서로 권면하여 사람들이 변변찮게 여기지 않았다. 군은 늙었다 생각지 말고 더욱 가훈을 돈독히 하여, 여러 자손이 세상을 두려워할 줄 알아 몸을 삼가고 조심시켜 모두 선을 행하도록 하라. 그리고 하인들을 잘 가르쳐 논밭을 다스려서 제사 음식이 부족하지 않고 집안사람들이 굶주리지 않도록 하라. 지금부터 장수하여 노성한 원로의 덕을 누리면서 늘 이러한 마음을 갖는다면 충분할 것이다.

나는 처음에 부모님이 낳아서 길러주신 은혜를 말하고, 그분들과 오래 머무를 수 없음을 슬퍼하였으며, 젊을 때의 자취를 좇아갈 수 없음을 안타까워하여 권면하고 경계하는 말로 끝맺었다. 늙어서도 더욱더 변치 않았으면 한다.

동생 성해운의 환갑을 축하하기 위해 쓴 글이다. 동생이 어려서 잦은 병치레를 하고 천연두로 죽을 고비를 넘기며 숙부의 양자로 들어가 대를 잇고 과거에 합격한 일 등을 시간 순서에 따라 일화를 중심으로 서술하였다. 환갑을 맞는 동생에게 지난 세월을 반추하며 더욱 자신을 수양하고 타인의 모범이 될 것을 당부하였다. 동생을 아끼는 형의 애틋한 마음이 잘 전해온다.

제 3 부

박학과 실용

고구마를 어떻게 보급시킬 것인가

—

藷說

영조 계미년(1763)에 선친께서 일본으로 사행 가실 때, 칠탄(七灘) 이광려(李匡呂)가 편지를 보내 고구마 심는 법을 부탁하였다. 대마도 좌수포(佐須浦)에 도착하여 비로소 얻었는데 바로 효자우(孝子芋)라고 하는 것이었다. 옛날에 효자가 심어서 어버이를 봉양했기 때문에 이름 붙인 것이다. 대마도는 돌이 많고 메말라 곡식을 심기에 적당치 않았다. 그래서 벼랑에 가목(架木)을 매달고 고구마를 심어 기근을 구제하였으며, 다른 섬에서는 심지 않았다. 사신이 이 말을 듣고 고구마를 사와 동래에 심은 후 점차 호남의 여러 고을에 널리 퍼졌는데 제주에서 더욱 번성하였다고 한다.

나는 향산(香山)의 채소밭에 고구마를 심은 적이 있다. 땅은 원래 비옥하였지만 재배 방법이 잘못되어 뿌리가 깊어져서 큰 것은 맺히지 않고 겨우 참마만 한 것만 달렸다. 다만 잎은 무성하여 먹을 만하였다. 나는 『남방초목상(南方草木狀)』, 『이물지(異物志)』, 『패사유편(稗史類編)』 등 여러 책을 읽었다. 거기에는 고구마의 성질과 효능이 잘 설명되어 있었다. 그중에서도 서현호(徐玄扈, 서광계)의 「감저소(甘藷疏)」가 가장 상세하다.

그런데 세속의 견해는 그 이치에 대해 잘 알지 못하면서, 걸핏하면 치우친 식견으로 이롭거나 이롭지 않음에 대해 함부로 말하고, 사람들이 솔깃해하면 이를 막는다. 이를 타파하지 않고 어떻게 널리 구제할 수 있겠는가? 서현호가 정성스럽게 힘껏 논의한 것은 참으로 고심해서이다.

우리나라 땅에는 본래 메벼가 넉넉하여 사람들은 이것으로 아침저녁 밥을 지어 먹는다. 이처럼 쌀로 지어 먹지 않으면 마치 밥을 먹지 않은 것처럼 여기니, 기근을 구제하기 위해 고구마를 마련해도 사람들은 오히려 경시하였다. 작년 대흉년 때, 특히 심한 호남 지역에서 굶어 죽은 자가 이어졌는데도 고구마로 구제했다는 말은 듣지 못했다. 저들이 힘써 재배하지 않았던 것으로 생각된다. 습속을 바꾸는 것이 어찌 그리 어려운 것인가?

지금 담파나(淡巴菰, 담배)도 일본의 종자이다. 임진년(1592) 때 들어와 온 나라에 퍼져 모두 당연시한다. 목면도 처음에는 중국 민(閩) 땅으로부터 종자만 겨우 전해지다가 이제 크게 번성하였으니 습속이 바뀐 것이다. 사람들이 참으로 고구마를 담파나나 목면처럼 여기고 재배한다면 어찌 번식하지 않겠는가?

우리나라는 대부분 가벼이 여겨 자세히 연구하지 않는 데다가 좋아하지도 않는다. 그러니 번식하지 못하는 것은 당연하다. 영남의 지리산에 차(茶)가 있는데, 신라 때 민 땅에서 가져온 종자이다. 우리나라 사람들이 불에 덖는 법을 몰라 도리어 중국에 의지하고 있다. 그리고 창원(昌原)에 일본 밤이 있는데, 고려 때 조양사(趙良嗣)가 종자를 가져왔다. 개암나무 같아 맛이 아주 달지만 사람들은 또한 알지 못한다.

옛사람들이 험하거나 먼 곳을 피하지 않고 구한 것은 반드시 사람을 구제하기 위해서인데 번번이 이를 따르지 않는 민간의 풍속이 걱정스럽다. 진실로 풍속에 맞지 않으면 헛수고일 뿐이다. 하지만 어찌 뜻을 같이하는 한두 사람이 이에 힘입어 스스로 구제하는 일이 없을 줄 알겠는가? 또 어찌 뜻을 같이하는 한두 사람이 이웃 마을의 여럿에게 가르침을 전파하여 그 이로움을 널리 퍼뜨리는 일이 없을 줄 알겠는가? 또 어찌 후대 사람들이 그 이로움을 알아 천하에 더욱 널리 퍼뜨리는 일이 없을 줄 알겠는가? 사람을 구제하는 방법은 실로 스스로 한계를 그어서는 안 된다. 이것이 내가 미미한 초목에도 정성을 다하는 이유이니, 이는 서현호의 뜻이기도 하다. 그는 또한 "종자를 전하는 것은 매우 어려운 일이다. 대개 흙에 들어가면 습기 때문에 썩을까 두렵고, 흙에 들어가지 않으면 얼어서 썩을까 두렵다" 하였는데, 시험해보니 참으로 그러하다. 만약 고구마를 업으로 삼는 자가 있다면 마땅히 먼저 이것을 연구해야 한다.

성해응의 부친 성대중은 1763년 계미사행에 정사 서기로 참여하여 명성을 떨치고 『일본록(日本錄)』을 저술하였다. 18세기 소론계 시인 이광려는 사행을 떠나는 성대중에게 고구마 심는 방법에 대한 정보를 부탁하기도 하였다.

이 글은 부친을 통해 고구마의 수입 과정과 효능에 대해 알게 된 성해응이 고구마를 널리 전파하고 활용할 것을 주장한 것이다. 성해응은 구황 작물로 효능이 뛰어난 고구마가 조선에 널리 전파되지 못한 사실을 지적하고 그 이유로 습속의 견고함을 들었다. 담배나 목면도 외국에서 수입한 것이지만 지금은 온 나라에 두루 쓰이는 것처럼 고구마 역시 국익과 민생을 위해 적극적으로 번식시킬 것을 주장하였다. 이용후생(利用厚生)을 강조한 실학적 사고가 잘 드러난다.

정원에 심을 화훼 목록

—

花譜小序

  나는 창려(昌黎, 한유)의 시 중 "감정을 모두 잊고 초목을 배우라네"[1]라는 구절을 좋아하였다. 무릇 감정은 느낌에서 생기고 느낌은 경계(境界)에서 생긴다. 사람은 소리와 색, 냄새와 맛 속에서 만나는 경계가 일만 가지로 변하여 느끼는 것이 같지 않으니, 선한 자가 있고 선하지 않은 자가 있음은 당연하다. 그러므로 노자(老子)는 "욕심낼 만한 것을 보이지 않아야만 백성의 마음이 어지럽지 않게 된다"[2] 하였으니, 애초에 이를 막아야 하는 것이다.

  초목은 화려한 자태가 있지만 사람이 미혹되기에는 부족하고, 맑은 운치가 있지만 사람이 현혹되기에는 부족하며, 짙은 향기가 있지만 사람이 바뀌기에는 부족하다. 바야흐로 초목을 감상할 때 나의 정을 충분히 줄 수 있지만 감상하고 난 뒤 떠

---

1 이 시구는 당(唐)나라 시인 원결(元結)의 「수옹흥(壽翁興)」 중의 "묻노라 오래 사는 늙은이에게, 어떠한 방법으로 수양을 하느냐고. 그의 말은 오로지 자연을 따르면서, 감정을 모두 잊고 초목을 배우라네(借問多壽翁, 何方自修育. 惟云順所然, 忘情學草木)"에서 인용한 것으로, 성해응은 이를 한유(韓愈)의 시로 착각했다.

2 노자의 『도덕경(道德經)』 3장에 나오는 구절로, '무위지치(無爲之治)', 즉 백성을 다스리는 방법에 대하여 말한 것이다.

날 때 남겨둘 만한 것은 아니다. 이런 까닭에 그 감상이 어지러워지지 않는 것이다. 또 중화(中和)[3]의 기운에서 피는 초목의 꽃은 내 본성에 향기를 쏘이고 내 덕을 기르기에 충분하니, 취하는 것이 한 가지가 아닐 뿐이다.

나의 정원이 조금 넓기에 꽃과 나무를 심어 스스로 즐기려고 토양에 알맞은 종자를 자세히 써서 『화보(花譜)』를 만들었다.

정원에 꽃과 나무를 심고 토양에 알맞은 종자를 자세히 기록한 『화보』의 서문이다. 『화보』란 사계절에 피는 모든 화훼를 기록해둔 책이다. 예부터 완물상지(玩物喪志)라 하여 선비가 서화나 골동품, 금석, 초목 등을 지나치게 좋아해 학문을 게을리하는 것을 경계하였다. 성해응은 완물에서 그치지 않고 도에 근본을 둔 초목의 감상과 애호는 취할 만하다고 하여 효용성을 인정하고 있다. 화훼에 대한 식견과 애호가 상당한 수준에 이르고 있음을 알 수 있다.

---

3 중(中)은 희로애락(喜怒哀樂)이 발동하지 않은 것이고, 화(和)는 그것이 발동하여 모두 절조에 맞는 것이다.(『중용장구(中庸章句)』 수장(首章))

송이버섯의 이로움

—

松芝說

첩첩이 쌓인 바위에 우뚝 높이 솟아 무성하게 자라는 나무가 소나무이다. 그 기운을 얻어 나는 것은 맛이 담박하며 사람에게 유익하다. 그래서 송이버섯은 가장 좋은 반찬이 된다. 나는 저자에서 그것을 구했지만 늘 얻기 어려워 걱정이었다. 지금 권(權) 씨의 산에서 난다는 말을 들었는데 이곳에서 몇 리 되지 않는다. 반드시 황백색 모래흙에서 나며, 매년 초가을 장마가 걷히고 소나무 위의 이슬이 땅에 떨어지면 많이 난다.

나는 하늘에서 내리는 비와 이슬의 기운이 정밀하고 거칠거나 높고 낮음 없이 고르게 적셔주지만, 그것을 받아들이는 땅의 성질과 기운이 같지 않기 때문에, 거기서 자라는 사물의 색과 향, 냄새와 맛이 각각 다른 점에 감탄한 적이 있다.

버섯도 마찬가지다. 어떤 것은 썩은 흙이나 더러운 것에서 나서 때때로 독으로 사람을 죽이기도 한다. 높은 나무와 무성한 숲에서 나는 것은 먹을 수 없는 것도 많다. 다만 소나무에서 나는 것으로 반드시 높고 건조한 곳에서 자라는 것이라야 비로소 사람에게 유익하다. 이것을 아는 선비라면 땅을 가려 밟지 않을 수 있겠는가? 그러나 연꽃과 택란(澤蘭) 등은 진흙처럼 더러운 곳에서 나는데도 아름다운 향기를 풍기고 병을 낫게도 한다. 땅 기운에 의해 그 본성이 바뀌지 않았으며 오히려 도움이 된 것이다. 그렇다면 선비가 밟고 있는 땅을 잘 골랐다 하더라도 더욱 그 본성을 북돋우는 것이 좋지 않겠는가?

옛날에 버섯을 품평한 것은 일치하지 않았다. 상서로운 물건이라 한 것은 대개 당시 군주가 상서로움에 부합하는 것을 좋아하여 자랑하였기 때문이다. 한 무제(漢武帝)는 재방(齋房)에서 나는 버섯을 상서롭다 여겼다. 그런데 버섯은 반드시 습기를 얻어야 나는 것이니 어찌 기둥에서 날 수 있겠는가? 한 무제는 상서롭다 했지만, 송(宋)나라 왕보(王黼)는 하사받은 집의 병풍에서 버섯이 나왔는데 결국 죽임을 당했다. 또 선약(仙藥)이라 하기도 하니 단학(丹學)을 하는 자들은 용선지(龍仙芝)를 복용하면 천수를 누리고 월정지(月精芝)를 복용하면 만수를 누린다고 여긴다. 하지만 사람은 본래 하늘에서 명을 받아 장수하고 요절하는 것이 같지 않다. 버섯으로 어떻게 수명을 연장할 수 있겠는가?

그렇다면 저들이 상서로운 물건이라느니 선약이라느니 하는 것은 망령된 말일 뿐이다. 담박한 송이버섯이 사람에게 이로운 것만 못하다.

네로 황제는 버섯을 따오면 그 무게만큼 황금으로 상을 내렸고, 나폴레옹은 식탁에 버섯 요리가 오르지 않으면 짜증을 냈으며, 한 무제는 재계하던 방에서 버섯이 발견되면 연회를 베풀어 축하했다고 한다. 이처럼 버섯의 효능과 신령함에 관한 이야기는 동서양을 불문하고 많이 전해온다. 그런데 버섯이 신령하기만 한 것은 아니었던 모양이다. 송나라 왕보(王黼)는 아첨을 잘하고 온갖 악행을 저질러 많은 재산을 축적한 인물이다. 그는 왕에게 하사받은 집의 병풍에서 버섯이 나왔지만 결국 죽임을 당하였다.

이 글은 버섯의 성질과 그에 관한 다양한 고사를 활용하여 송이버섯의 효능에 대해 기록한 흥미로운 지식 정보이다.

좋은 벼루의 계보

—

硯譜

나는 도성에 있을 때 벼루의 장인 김도산(金道山)과 친하였다. 도산은 홍주(洪州)의 아전으로 외모가 촌스럽고 비루하여 재능이 없어 보였다. 홍주 근처에 있는 남포(藍浦)는 벼루 재료가 나는 곳이었기 때문에 그는 곧잘 벼루를 만들었다. 이윽고 장인이 되자 아전 일을 그만두고 도성을 돌아다니며 벼루를 팔아서 먹고 살았다.

신경록(申敬祿)은 돈녕부(敦寧府) 아전으로, 그 또한 벼루를 잘 만들었다. 특히 조각을 잘하여 때때로 중국의 벼루와 혼동할 정도였다. 권세 있는 재상과 명사들이 그를 불러서 부리고는 값을 주지 않았다. 경록은 헛되이 고생만 하고 얻는 것이 없자 스스로 손가락을 잘라 벗어나려 하였다. 재주 있는 사람 노릇하기가 참으로 어렵다.

장인이 일을 잘하고자 하면 반드시 먼저 도구를 날카롭게 해야 한다. 장인만 그런 것이 아니라 선비도 그러하다. 위중장(韋仲將, 위탄)의 먹과 왕희지(王羲之)의 글씨와 채륜(蔡倫)의 종이는 모두 유명한데, 그 사람들은 글씨를 잘 쓰는 자들이다. 먹이 묽으면 메마르고 붓이 거칠면 속되고 종이가 좋지 않으면 거칠게 되니, 메마르고 속되고 거친 것은 모두 서예가의 큰 병통이다. 지극히 아름답게 만들고자 한다면, 종이와 붓과 먹, 이세 가지가 아무리 좋더라도 좋은 벼루가 있어야 비로소 그 빛을 발할 수 있다. 그러니 벼루 또한 어찌 소홀히 여길 수 있겠는가?

그러나 지금 벼루를 좋아하는 사람들은 대부분 먼 옛날에 만들어졌거나 먼 지역의 물건을 보배로 여겨, 이런 것이 아니면 모으지 않는다. 이것은 귀와 눈으로 즐기기 위한 것이지 도구를 날카롭게 하려는 것이 아니다. 먹을 낼 수 있으면 되는 것이니, 어찌 반드시 미앙궁(未央宮)과 동작대(銅雀臺)의 기와[1]며 단주(端州)와 흡주(歙州)의 재질[2]이 필요하겠는가? 나는 도산의 무리에게서 벼루 재질에 대해 자세히 들었으므로 다음과 같이 갖추어서 쓴다.

남포석(藍浦石)은 매우 좋다. 금줄 무늬가 가장 좋고 은줄 무늬는 다음이며 화초 무늬는 조금 단단하다. 미끄러우면서 먹을 거부하지 않고 거칠지만 먹이 엉기지 않는 것이 좋다. 돌의결이 거칠면 먹색이 탁하고 그 결이 단단하면 먹색이 맑기 때

---

1   미앙궁은 한(漢)나라 고조(高祖)의 궁전이며 동작대는 삼국시대 위(魏)나라 조조(曹操)의 누대로, 두 곳 모두 화려함의 극치를 보여준 곳이다.
2   중국 광동성(廣東省) 고요현(高要縣) 단주와 안휘성(安徽省) 흡주 지역은 벼룻돌의 산지로 유명하다.

문이다. 오직 윤기 나고 부드러운 것이 먹과 서로 잘 어울린다. 지금 저자와 시골 서당에서 사용하는 것은 남포산 아닌 것이 없기에 사람들은 그리 귀하게 여기지 않는다. 그러나 좋은 제품은 단주나 흡주의 벼루보다 못하지 않다. 한편 자석(子石)과 구욕안(鸜鵒眼)[3]도 있는데 희귀하여 얻기 어렵다.

위원석(渭原石)은 푸른 것은 흡석(歙石)과 비슷하고 붉은 것은 단석(端石)과 비슷하다. 그러나 무늿결이 조금 거칠다. 좋은 것은 항상 깊은 물속에 있어 많은 사람의 힘을 들여야 얻을 수 있다. 고령석(高靈石)은 조금 껄끄러운데 다만 메말라서 광채가 없다. 평창(平昌)의 자석(紫石)은 자못 좋은데 또한 화초 무늬가 있다. 풍천(豊川)의 청석(靑石)은 매우 단단하며 결이 기와로 만든 벼루처럼 거칠다. 안동(安東)의 마간석(馬肝石)은 가장 졸렬하니, 비록 재질이 좋긴 하지만 다른 지역에서 생산되는 것에 미치지 못한다. 종성(鍾城)의 아란석(鵝卵石)은 오룡천(五龍川)에서 생산되는데 품질이 우리나라 벼루 중 으뜸이다. 갑산석(甲山石)과 무산석(茂山石)도 역시 좋다.

청나라 사람은 벼루의 재질을 논하여 혼동강(混同江)의 송

---

3 『성호사설(星湖僿說)』 제5권 「만물문(萬物門)」 '구욕안'에 다음과 같은 구절이 있어 참고할 만하다. "문방구로 아름다운 것은 반드시 단연(端硯)을 일컫는데, 구욕새의 눈(鸜鵒眼)처럼 생긴 문채가 있어야만 최상품이라는 것이다. 빛깔은 짙게 붉고 반질반질한 윤이 나며 두들기면 맑은 소리가 멀리 울리게 되고, 푸른빛과 누른빛으로 된 두 개의 둘레와 동그란 점이 있는 것을 '구욕새의 눈'이라고 하는데, 이것이 상품으로 치는 암석이다. 또 자석이 있는데 이는 큰 바위 속에 들어 있다는 것이다."

화석(松花石)이 가장 좋다고 하였다. 혼동강의 근원은 장백산 (長白山)에서 나온다. 일명 송아리강(松阿里江)이라고 하는데, 송아리는 중국어로 은하수이다. 이 강가의 지석산(砥石山)에서 많이 나는 돌은 녹색의 밝은 윤이 나고 미세하게 반드르르하여 품질이 단석·흡석과 같다. 길림(吉林) 사람들이 가져다가 조공품으로 충당한다. 종성과 갑산, 무산은 혼동강 줄기와 가깝기 때문에 벼루 재질이 좋은 것이 많다.

석치(石癡) 정철조(鄭喆祚, 1730~1781)는 벼루를 잘 만든 것으로 유명하다. 오랫동안 천편일률적이던 벼루 디자인이 그에게서 일변하였으니, 벼루에 꽃과 귀뚜라미 등을 새겨 넣었다고 한다. 김도산은 정철조에게 벼루 제작 기법을 배웠지만 그를 답습하지 않고 자기만의 독특한 디자인을 창안하였다. 돌의 성질을 그대로 살리고 장식은 최소화하였다고 한다.[4]

18세기에 활동한 벼루의 장인 김도산과 신경록에 대한 기록은 문헌에서 쉽게 찾아볼 수 없는 만큼 이 글은 새롭고 흥미로

---

4 정철조와 김도산의 벼루에 대해서는 심노숭, 「석치(石癡) 벼루」, 『눈물이란 무엇인가』, 김영진 옮김(태학사, 2001); 유득공, 「우리나라의 벼루」, 『누가 알아주랴』, 김윤조 옮김(태학사, 2005); 안대회, 「벼룻돌에 미친 바보」, 『벽광나치오』(휴머니스트, 2011)를 참조하면 좋다.

운 정보를 제공해준다. 체제를 갖추거나 분량이 많은 것은 아니지만 우리나라 벼루의 대표적인 종류와 재질에 대해 일목요연하게 제시하여 자료적 가치가 크다. 성해응의 금석에 대한 관심과 식견, 그리고 조선 후기 사대부들의 벼루에 대한 애호를 확인할 수 있는 글이다.

전국 샘물을 품평한다

—

東國泉品序

좋은 물은 봄 빗물과 가을 이슬 물 그리고 눈 녹은 물만 한 것이 없다. 이들은 모두 땅을 가리지 않고 내리지만 오랫동안 저장해둘 수 없다. 그다음은 국화 물[1]과 옥정수(玉井水)[2]이다. 그런데 국천(菊泉)은 뿌리가 넓게 퍼져 무성한 국화에 신령한 물이 깊숙이 스며든 뒤에야 얻는 것으로 갑자기 마련할 수 없다. 옥정수도 우리나라에서는 드물다. 단지 유황수(硫黃水)와 백반수(白礬水)가 가장 많은데, 유황수는 따뜻하고 백반수는 차가우며 둘 다 곳곳에 있다. 온천의 냄새와 물맛은 나쁘지만 병을 낫게 할 수 있다. 다만 일종의 비상수(砒霜水)가 있는데 유황수와 비슷하여 이것으로 목욕을 하면 독성이 있다. 냉천은 온천보다 더욱 못하여 병을 낫게 할 수 없다.

우리나라의 물은 북방이 최고다. 천일성(天一星)[3]의 정기가 처음 나오는 곳이기 때문이다. 이 지역은 캄캄하고 성시(城市)

---

1 국화가 많이 자라는 물가의 국화물, 즉 국천(菊泉)은 물맛이 향기롭고 먹으면 장수한 다고 하여 영약(靈藥)으로 꼽힌다.(『수경주(水經注)』 「단수(湍水)」)
2 옥광석(玉礦石) 속에서 흘러나오는 샘물이다.
3 북극성(北極星)으로 방위의 좌표가 된다.

가 드물어 더러운 개골창이 흘러넘치지 않는다. 백두(白頭)의 신분(神溢, 천지), 홍원(洪原)의 감로(甘露), 북청(北靑)의 감천(甘泉)은 모두 맛이 좋아서 북방 사람들은 건강하고 병이 적다. 그다음은 오대(五臺)의 우통(于筒)과 강릉(江陵)의 한송(寒松)으로 모두 영동(嶺東)과 영서(嶺西)의 신령한 구역에서 발원하여 물맛이 좋다고 알려졌다.

무릇 사람은 오직 물과 곡식의 정기에 의지해 살아간다. 따라서 물에서 가장 꺼려야 할 것은 고여 흐르지 않는 물이다. 이 것으로 사람의 만병이 생기기 때문이다. 그래서인지 구양수(歐陽脩)는 "산수가 상이고 그다음은 강이며 우물은 하이다. 이 산수 중에서도 돌 사이에서 질펀히 흐르는 우윳빛 샘물이 상이다"라고 품평한 육우(陸羽)의 말을 좋아하였다.[4] 산수가 상이 되는 것은 정기가 드러난 것이기 때문이며, 강물이 다음이 되는 것은 나쁜 것을 흘려보내기 때문이고, 우물이 하가 되는 것은 더러운 것을 흘려보내지 못하기 때문이다.

노쇠하고 병이 많은 나는 좋은 샘물을 마셔서 막히고 멈춘 오장육부의 기를 깨우고 싶었다. 하지만 좋은 샘물은 실로 얻기가 어려웠다. 마침내 산수 지세에 관한 책들을 살펴면서 나라 안의 명천(名泉)을 품평하다가 북방과 영동, 영서의 물에

---

4   송(宋)나라 구양수는 「부사산수기(浮槎山水記)」에서, 다신(茶神)으로 불리는 당나라 육우가 「다경(茶經)」에서 샘을 품평한 것을 인용하였다.

이르러 그 상쾌함을 생각하고 그리워하였으니, 마치 부처의 말처럼 신 매실을 보고 갈증을 멈춘 격이다. 오랫동안 저장해두지 못하거나 갑자기 마련할 수 없고 드물게 있는 물건은, 구하기를 힘쓰지 않은 것이 아니라 다만 그 상황이 어려워서 그런 것이다.

　나는 일찍이 죽곡의 제방에 연꽃을 심었는데 자못 무성하여 잎이 거의 땅을 덮을 지경이었다. 여름 이슬이 내리기를 기다려 장차 가져다 마시고 병이 낫기를 바랐지만, 어찌 오랫동안 저장해두고 변하지 않게 할 수 있겠는가? 우리나라 사람은 샘을 품평할 때 무거운 것을 좋다고 여긴다. 그러나 실제로는 그렇지 않으며 오히려 가벼운 것이 좋다. 연꽃 이슬과 눈 녹은 물이 가장 가벼우니 이것으로 증명할 수 있다. 산수가 비록 가장 좋기는 하지만, 깊은 산과 궁벽한 골짜기에 쌓인 나뭇잎이 썩어 솟아나는 샘물은 마실 수 없고, 마시면 복통이 생기는 것과 같은 경우이다. 폭포수와 여울물도 마실 수 없고, 마시면 목에 병이 생긴다. 샘을 품평하는 자는 이런 것들을 몰라서는 안 된다.

　『연경재전집』 외집 권44 「동국천품(東國泉品)」에는 우리나라에서 유명한 샘물의 위치와 수질 및 유래가 자세하게 기록되어 있다. 이 글은 그 서문으로, 성해응이 「동국천품」을 서술한 이유를 확인할 수 있다. 우리나라 샘에 관한 유익한 지식 정보를 제공하고 있어 동국(東國)의 샘물을 품평하는 전문가뿐만 아니라 일반 독자들에게도 좋은 참고자료가 된다.

통소 부는 이한진

—

題丹室閔公玉簫詩後

경산 이한진 공은 통소 부는 것을 좋아하였다. 단실(丹室) 민백순(閔百順) 공이 성천(成川) 부사로 나갔다가 옥통소를 만들어 그에게 주었는데, 다음 시가 새겨져 있다.

남전(藍田)의 보배[1]며
구령(緱嶺)의 소리[2]로다.
이것을 가져다 뉘에게 주리
아름다운 화음(華陰)[3]이로다.
신선의 누대에서 불면
강의 달 마음을 비추네.

---

1   남전은 중국 섬서성(陝西省) 남전현에 있는 산으로 아름다운 옥의 산출지로 유명하다.
2   구령은 중국 하남성(河南省) 언사현(偃師縣)에 있는 산이다. 주(周)나라 영왕(靈王)의 태자 진(晉)이 피리를 잘 불어 구령에서 신선이 되어 학을 타고 하늘로 올라갔다고 전한다.
3   중국 섬서성 화음현(華陰縣)에 있는 명산이다. 진(秦) 목공(穆公)의 딸 농옥(弄玉)이 음악을 매우 좋아하니, 목공은 통소를 잘 부는 소사(蕭史)에게 딸을 시집보내고 봉루(鳳樓)를 지어주었다. 두 사람이 통소를 불자 봉황이 내려와 마침내 둘은 봉황을 타고 하늘로 올라갔다는 고사가 전한다.(『열선전(列仙傳)』 「소사(蕭史)」)

배와 김상숙 공이 글씨로 쓴 이 시가 동음(洞陰)과 청령(淸冷) 골짜기 두 곳에 다 있다. 경산공은 일찍이 퉁소를 가지고 담헌(湛軒) 홍대용(洪大容)의 죽사(竹舍)를 방문하여 몇 곡을 연주하였다. 담헌은 본래 거문고를 잘 타서 경산공과 짝이 되었다. 또 경산공은 금강산에 들어가 헐성루(歇惺樓) 위에서 분적이 있는데, 절의 승려가 깜짝 놀라 신선이 누대 위에 내려온 것으로 여기기도 하였다.

무릇 음악은 군자가 마음을 다스리고 덕에 나아가는 도구다. 그러므로 소리를 찾아 마음을 알고 마음을 통해 덕을 아는 것이다. 빠르고 느리며 흔들리고 움직이는 것이 악기와 맞으니 그 음이 조화롭지 않을 수 있겠는가? 기쁨과 서글픔이 절도를 이루니 그 마음이 다스려지지 않을 수 있겠는가? 청렴하고 지혜롭고 곧고 어짊이 자신을 채우니 그 덕이 나아가지 않을 수 있겠는가? 이런 까닭에 하늘에 제사 지내는 교제(郊祭)와 조상에게 지내는 묘제(廟祭)에서 쓰면 기운이 온화해지고 마음이 평안해지며, 산림에서 베풀면 인륜이 맑아지고 이치가 밝아진다. 공은 산골짜기에 깊숙이 숨어 있어서 비록 주현(朱絃)의 느긋한 음[4]이 되지는 못하였다. 그렇지만 위로는 청명한 다스

---

4 『예기(禮記)』 「악기(樂記)」에 "청묘의 슬은 붉은 현으로 되어 있고 소리가 느릿하여서 한 사람이 선창하면 세 사람이 화답하여 여음이 있다(淸廟之瑟, 朱絃而疏越, 壹倡而三嘆, 有遺音者矣)" 하였다. 즉, 주현은 종묘의 제향에 쓰이는 금슬(琴瑟) 등의 악기를 일컫는 말로, 왕업을 도울 기량이 있는 훌륭한 신하를 뜻한다.

림을 도운 데다 청한하고 유유자적함으로 사악함을 제거하고 찌꺼기를 씻어내어 올바른 성명(性命)을 발휘할 수 있었으니, 인륜이 맑고 이치가 밝은 분이라고 할 만하다.

경산공은 소년 시절 북산(北山) 아래 살면서 선생과 어른들을 좇아 노니는 것을 좋아하였다. 효효재(嘐嘐齋) 김용겸(金用謙) 공은 평소 음악을 좋아했다. 그러므로 경산공이 그를 따라다니면서 배웠으니, 그 음이 바르고 곧아 세속의 것과 달랐다. 또 북산은 맑고 그윽하며 깊숙한 곳이라 샘물과 바위와 솔바람이 모두 그 경지를 드러내기에 충분하였다. 그래서 공은 더욱 신묘한 소리를 터득할 수 있었다. 단실공이 퉁소를 준 것은 까닭이 있었구나.

비류강(沸流江) 가에 있는 성천은 본래 옥이 나는 곳으로, 단실공의 풍류와 유풍(遺風)이 옥의 광채와 함께 입혀져 끊이지 않고 있다. 이것이 바로 군자가 옥을 덕에 비유한 까닭이다. 단실공이 스스로 덕을 닦은 후 옥을 캐서 퉁소를 만들어 공에게 준 것은 공이 그 덕을 함께하기를 원해서이다. 어찌 한갓 소리를 위해서이겠는가? 단실공이 먼저 돌아가셨고, 배와공이 다음이며, 공이 또 돌아가셨으니, 군자의 덕을 이제 살필 수 없구나.

옥으로 유명한 성천 지역에 부사로 부임한 민백순이 이한진에게 옥퉁소를 만들어준 일화를 통해 음악의 효용성을 말한 글이다. 민백순의 자는 순지(順之), 호는 단실(丹室), 본관은 여흥(驪興)이며 좌승지 등을 역임하였다. 이한진은 글씨를 잘 쓰고 음률에 밝으며, 퉁소의 명수로서 홍대용, 김억(金檍) 등과 합주를 즐겼다고 한다.

민백순과 이한진은 성대중과 친하였고, 성대중은 김용겸, 홍대용, 이한진 등과 풍류적 악회를 자주 즐기곤 하였다. 이한진은 소년 시절에 연암 그룹의 젊은 문사들이 즐겨 찾던 북산에 거주하며 예술적 분위기에 영향을 받았다. 서화와 음악에 높은 안목을 지닐 수 있었던 것도 어린 시절의 분위기와 무관하지 않다. 성해응은 부친의 교유권을 대부분 계승하였으며 예술적 취향도 영향을 받아 음악에 대해서도 상당한 식견을 가졌던 것으로 보인다.

조선의 명필 한석봉

—

題韓石峯筆帖後

글씨는 왕우군(王右軍, 왕희지)에 이르러 지극해졌다. 왕희지보다 앞서서 장지(張芝)의 초서와 종요(鍾繇)의 해서가 신묘함을 다했다고 할 수 있으며, 왕희지는 이를 모두 갖추었다. 그의 뒤로는 송담(宋儋)의 고아함과 조맹부(趙孟頫)의 아름다움이 공교함을 다했다고 할 수 있는데, 왕희지는 이를 모두 발휘하였다. 성인(聖人)의 학문에 비유한다면 오직 쇠로 시작하고 옥으로 거둬[1] 집대성한 분이다.

우리나라 석봉(石峯, 한호)의 글씨는 바로 진(晉)나라 때 왕희지와 같다. 안으로 눌러 법이 있고, 밖으로 넓혀 자태가 있으며, 분위기에 잘 어울리면서도 휩쓸려 빠지지 않고, 거칠면서도 우활하지 않으며, 빽빽하면서도 답답하지 않고, 심오하여 조화를 이루고, 오묘하여 귀신을 울리니, 필원(筆苑)의 거장이 한둘이 아니지만 누가 그에게 미칠 수 있겠는가?

무릇 군자는 글씨로 이름나는 것을 달가워하지 않는다. 그러

---

1   원문은 '금성옥진(金聲玉振)'으로 금은 종(鐘)이고 옥은 경(磬)이다. 팔음(八音)을 연주할 때 먼저 종을 쳐서 시작하고 마지막에 경을 쳐서 소리를 거두어 음악 한 곡을 완성하는 것을 말한다.

나 이름을 얻는 데는 방법이 있으니, 반드시 당대의 임금이 칭찬해야 얻을 수 있다. 그렇지 않다면 당대의 대인과 군자가 치켜세워야 얻는다. 이것도 아니면 반드시 후세의 명망 있고 세력과 지위 있는 자가 우러러 받들어 본받고 싶어 해야 얻는다. 이런 까닭으로 왕희지의 글씨는 당 태종(唐太宗)에 이르러서야 비로소 고금에 우뚝 뛰어나다는 평가를 받았다. 글씨가 변변찮은 기예라고는 하지만 이름을 얻기란 이처럼 어렵다.

석봉은 인재를 아끼는 선조(宣祖) 시대를 만나 넉넉한 은혜를 입고 남다른 칭찬을 받았다. 문원(文苑)의 여러 공 또한 서로 감화하고 심취하기에 겨를이 없었다. 이것이 동시대에 이름이 높아져 마침내 후세까지 미치게 된 까닭이다. 그러니 한갓 재주를 얻는 것만 어려울 뿐 아니라 때를 만나는 것도 어렵다. 나는 글씨를 잘 쓰는 자는 반드시 용렬한 사람이 아니라고 들었다. 가슴속에 위대하고 뛰어난 기운이 없으면 비록 잘 쓰고자 해도 그럴 수 없으니, 석봉의 글씨를 보면 또한 그 사람을 알 수 있다.

조선 후기에 이르면 서화에 대한 취미가 보편화되면서 문인들이 서화를 감상하고 소장하며 이를 기록하여 문학으로 표출하려는 의식이 팽배해진다. 그 결과 서화를 감상하고 기록한 제후(題後)나 제발(題跋)이 활발하게 창작되었다. 이 글도 그 중 하나이다.

성해응은 중국 서예를 집대성한 인물로 왕희지(王羲之)를 들고, 이에 필적할 만한 조선의 서예가로는 한석봉(1543~1605)을 꼽았다. 뛰어난 재주를 타고나는 것도 어렵지만 세상에 알려지는 것은 더욱 어려운 법이다. 왕희지는 동진(東晉) 때 인물로 당 태종이 극찬한 뒤에야 세상에 알려졌다. 한석봉은 명종(明宗) 때 진사시에 합격하고 선조 때 주요 벼슬을 역임하였으니, 살아생전 재주에 걸맞은 평가를 받았던 것이다.

글씨가 비록 작은 재주이긴 하지만 학문과 덕행에 바탕을 둔 사람만이 잘 쓸 수 있다. 따라서 재주만 뛰어난 것이 아닌 도에 바탕한 글씨를 높게 평가하였다. 이 글은 한국 서화사에 큰 족적을 남긴 한석봉과 그의 글씨를 중심으로 간략하지만 적실한 평을 남겼다는 점에서 의미가 있다.

최고의 생선 명태

—

北海魚族記

    천하를 둘러싸고 있는 바다에서 나는 물고기는 온 세상이 공유한다. 다만 동북해의 물고기는 족류(族類)가 『이아(爾雅)』나 『비아(埤雅)』, 『광아(廣雅)』 등의 책에서 전혀 보이지 않는다. 우리나라 사람이 이익을 독점하는 것에는 네 종류가 있는데 명태어(明太魚), 대구어(大口魚), 청어(靑魚), 목어(牧魚)로 모두 속명(俗名)이다. 목어는 가을에서 겨울로 넘어갈 때 한 차례 대거 올라오는 데 그친다. 청어는 가을과 겨울이 지나는 끝무렵 북해에서 잡히기 시작하다가, 동남쪽으로 물을 따라가 봄이면 서해에서 멈춘다. 매년 봄 우레가 치고 눈이 내리면 많이 잡을 수 있는 기후이다. 대구어도 동북해에 가득하여 잡으려는 사람들이 겨울부터 봄까지 몰려들지만 이익이 크지는 않다.

    명태어는 북해에서 나는데 마른 것이 젖은 것보다 맛이 좋으며, 붉고 윤이 나는 알로 젓을 담글 수 있다. 매년 북쪽의 큰 도회지 원산(元山)으로 실어 보낸다. 무릇 깊고 궁벽한 산골짜기의 외지고 누추하며 으슥한 곳이라도 반드시 이것으로 손님을 대접하고, 조상에게 제사 지내는 데 쓴다. 사통팔달로 통하는 큰길가의 번화하고 조밀한 곳이라도 반드시 이것으로 안주와 반찬을 삼는다. 도회와 시골, 귀하고 천함에 상관없이 명태어를 쓰니 그 이로움이 매우 크다.

우어(鰅魚), 분어(魵魚), 면어(魰魚), 사어(魦魚), 노어(鱸魚), 패어(魶魚), 첩어(鰈魚), 국어(鮈魚), 역어(鱳魚) 등 이 아홉 가지 물고기는 낙랑(樂浪)에서 생산되며 『설문해자(說文解字)』에 보인다. 지금 그 책에 묘사된 비늘과 옆 지느러미 모양으로 어종을 살펴본다. 용어(鰫魚)[1]는 강저(江豬), 바다 오소리 종인 듯하다. 분어는 암고래이니 지금의 민어(民魚), 석수어(石首魚)이다. 사어(魦魚)는 사어(鯊魚)와 같은 것으로, 강 사어는 사람을 쏘며 바다 사어는 사람을 잡아먹는다. 첩어는 지금 비목어(比目魚)이며, 국어는 인어(人魚)인 듯하다. 패어는 복어류이며, 노어는 지금 농어이다. 역어는 유독 조사할 만한 자료가 없는데 대구어가 아니면 명태어이다.

북쪽에서 나는 과일로 앵액(櫻額)과 지분자(地盆子) 등이 있다. 모두 떨기로 나며 맛이 달지만 무르고 연해 쉽게 부서져 서울로 많이 실어 나를 수 없다. 또 남방으로 옮겨 심을 수 없어 덩굴을 번식시키지 못하니 사람들에게 주는 이로움이 적다. 비록 이 과일이 넓게 퍼진다 해도 사람에게 이롭고 유익한 물고기만 못하다. 낙랑의 물고기류 같은 것은 온 나라에 유통되지

---

1 용어는 우어와 함께 '우용(鰅鰫)'으로 잘 알려져 있다. 『초사(楚辭)』「대초(大招)」에서 "우용은 물여우의 종류(鰅鰫短狐)"라고 한 것을 보면, 여기서는 용어를 우어와 같은 것으로 본 듯하다.

만 두루 많이 생산되어 가득 쌓여 있는 점에서는 명태어에 미치지 못한다. 헤아려보건대, 사해(四海) 큰 바다에 사는 어종은 1만에 가까워, 큰 것으로는 가물치가 있고 작은 것으로는 새우가 있지만 명태어의 이로움과 경쟁할 만한 것이 없으니, 어쩌면 그리 성하고 잘 번식하는가?

　동북해에서 생산되어 우리나라 사람들이 이익을 독점하는 명태어, 대구어, 청어, 목어 등 네 가지 물고기를 소개하고 특성을 기록하였다. 특히 접근성과 생산성의 측면에서 가장 이익이 큰 명태를 중심으로 서술하였으며,[2] 낙랑에서 생산되는 아홉 가지 물고기의 특징과 어원을 고증하여 성해응의 박학하고 고증적인 학문 성향이 잘 드러나는 글이다.

2　19세기 문인 이유원(李裕元)은 『임하필기(林下筆記)』에서 명태의 어원을 자세하게 기록하여 참고할 만하다.

읍루의 담비 갓옷

—

挹婁貂記

담비는 쥐와 비슷하며 동북의 여러 산에서 난다. 읍루에서 나는 것이 제일 좋았기 때문에 읍루초(挹婁貂)라고 한다. 꼬리는 자줏빛으로 아름답고 윤기가 흐르며 풍성하고 따뜻하니 이를 사용하여 갓옷을 만들 만하다. 그런데 옛 경전을 살펴보면, 천자와 공경대부로부터 아래로 천한 서민에 이르기까지 모두 갓옷을 입는 제도가 있었다. 수놓은 갓옷, 여우 갓옷, 호랑이 갓옷, 이리 갓옷, 표범 갓옷, 사슴새끼 갓옷, 새끼양 갓옷, 개와 양의 갓옷이 이것이다. 꾸밈을 없애는 것을 절제로 여기고 소매를 걷어 올리는 것을 예절로 삼았다고 하는데 담비는 수록되어 있지 않다. 더군다나 숙신씨(肅愼氏)가 한갓 돌살촉과 석류 등을 공물로 바칠 폐백으로 삼았다고도 했는데, 어째서 담비는 넣지 않은 것인가?

추운 북방의 사람들은 이마를 따뜻하게 하기 위해 관에 담비 가죽 장식을 하였다. 조(趙)나라 무령왕(武靈王)이 이것을 본받아 금사슬로 머리를 장식하였는데, 앞에 담비 꼬리를 꽂아 귀한 직분으로 삼았다. 진(秦)나라가 조나라를 멸망시킬 때 근신(近臣)에게 관을 하사하면서 마침내 시중(侍中)의 평상복이 되었다. 우리나라 의례에 3품 이하는 쥐털로, 3품 이상은 담비털로 관모를 둘러싼다. 겨울에 옷을 입을 때 부자들은 다시 그 가죽을 이어 목을 감쌌기에 많이 소유하는 것을 중요시했으니, 이 때문에 담비가 더욱 귀해졌다.

담비는 반드시 깊은 골짜기와 매우 무성한 숲속에 살며, 빨리 달리고 높이 뛰어 잘 피하고 숨는다. 음력 8, 9월 사이에 털을 비로소 쓸 수 있기 때문에, 사냥꾼들은 반드시 얼음과 서리를 뚫고 가느라 고생하고 캄캄한 밤 가파른 골짜기를 올라가서야 겨우 얻는다. 간혹 날씨가 일찍 추워져 눈에 갇혀서 사람이 모두 죽어도 수습할 수 없는 경우도 있다. 그 어려움이 이와 같은데 가볍게 쓸 수 있겠는가?

지금 북방 수령들이 조정에 인사할 때면 권세가나 재상들에게 번번이 이것을 요구당하니 감히 그 명을 따르지 않을 수 없다. 그래서 임소에 돌아간 뒤에는 다방면으로 가혹하게 요구한다. 담비를 포획한 백성은 그 지역 경계에서 벗어날 수 없다. 하지만 관청에서 그 값을 헐하게 쳐주고 가져가기 때문에 백성들은 사방으로 떠돈다. 변방의 백성들은 이리저리 떠도느라 일정한 거주지가 없거늘, 하물며 무거운 세금까지 더해짐이랴? 단천(端川)의 금은과 명마, 육진(六鎭)의 가는 베, 삼수갑산(三水甲山)의 장체(長髢, 장식용의 긴 딴머리), 강계(江界)의 삼(蔘)을 조정에 올리지 않는다면, 북방 백성에게 무슨 걱정이 있겠는가? 그들이 진실로 가련하다.

꙳

읍루산 담비로 만든 갖옷의 훌륭함을 소개하고, 경전과 고사를 인용하여 갖옷 제도의 유래와 특징을 설명하였다. 읍루는 고조선 때 만주 지방에서 살던 부족이나 그들의 땅을 말한다.

읍루산 담비로 만든 갖옷은 방한에 뛰어나 중앙의 고관대작들은 북방 수령에게 끊임없이 요구하였고, 북방의 수령들 역시 중앙으로 진출하기 위해 뇌물로 바쳤다. 그 과정에서 북방의 백성들이 당하는 고통은 심각하였다. 온갖 위험과 추위를 무릅쓰고 담비를 포획하더라도, 이들은 규정상 그 지역을 떠날 수 없다. 이러한 제도를 악용하여 북방의 수령은 헐값에 담비 가죽을 사들인 데다 가혹한 세금까지 부과하니, 지역민들은 고향을 버리고 야반도주하여 떠돌 수밖에 없는 실정이었다. 금은과 명마, 삼 등의 특산물을 생산하는 여타 북방 지역민들의 사정 또한 별반 다르지 않았다.

이 글에는 우리나라 북방 지역에서 생산되는 특산물과 이를 얻기 위한 지역민들의 고통이 사실적으로 서술되었다. 백성들을 부당하게 착취한 중앙의 고위 관리와 변방 수령의 행태를 지적하고 비판하는 성해응의 현실주의적 의식이 선명하게 포착된다.

귀고리의 유래

—

兩耳懸珥環

우리나라 풍속에 어른이고 아이고 간에 남자는 반드시 양쪽 귀를 뚫어 귀고리를 다니, 중국 사람들은 오랑캐 풍속이라고 기롱하였다. 선조 초에 중앙과 지방에 널리 알리고 그 관습을 완전히 혁파하였다.

예전에는 노소를 불문하고 남자들이 귀에 귀고리를 달았다는 정보가 흥미롭다. 선조 때 이미 그 관습을 혁파했다고 한 것으로 미루어 귀고리를 달던 풍속은 그 이전으로 올라간다는 사실을 알 수 있다.

제 4 부 ― 학문과 경세의 깨우침

스승을 부르지 말고 찾아가서 배워라

—

師說

옛사람들은 덕을 사모하여 스승을 선택하는데 지금 사람들은 세력을 사모하여 스승을 선택한다. 덕 있는 자가 반드시 세력이 없는 것은 아니지만 대체로 세력이 없는 자가 많다. 진실로 덕을 사모하면 덕이 날로 높아지고 세력에 대해선 구경만 하다 잊어버리니, 마치 종묘 제악에 종과 북을 연주하여 한 철만 울다 사라지고 마는 가을벌레의 노래를 물리치는 것과 같다.

세력 있는 자가 덕이 없는 것은 아니지만 대체로 덕이 없는 자가 많다. 진실로 세력을 사모하면 날마다 세력을 다투느라 덕이 사라지는 줄도 모르니, 마치 여름에 얼음이 쉽게 풀리고 뜨거운 물을 부은 눈이 쉽게 녹는 것과 같다. 덕과 세력은 처음부터 나누어진 것이 아니라 사모하는 것이 무엇인가에 달려 있을 뿐이다. 지금의 사대부들은 번번이 인재가 옛사람만 못하다고 여기면서도 도무지 스승을 찾을 줄 모르고 인재를 찾는다.

맹자는 아성(亞聖)이지만 학교 옆으로 가서 배우게 하지 않았다면, 맹자가 맹자가 되었을지 알 수 없다. 아성도 오히려 그러한데 하물며 그보다 못한 사람은 어떻겠는가? 지금 사람들은 어렸을 때 총명하다고 일컬어져도 자라서는 알려지지 않고, 비록 알려지더라도 어렸을 때의 총명함을 능가하지 못한다. 어째서인가? 스승으로 삼은 이가 스승으로 삼을 만한 이가 아니었기 때문이다.

우리 집안은 가르치는 것을 업으로 삼았기에 많은 사람을 보았다. 상급의 인재는 실로 얻기 쉽지 않으며 하급의 인재 또한 적다. 요컨대 가르치지 못할 사람은 없는 것이다. 돌아가신 할아버지는 집안 형편이 몹시 어려웠다. 초가집은 때로 비바람조차 가릴 수 없었으며, 여름에 비가 오면 번번이 지붕이 새어 앉아 있을 수 없었고, 겨울에는 얼음과 서리가 벽에 가득하여 잠을 잘 수가 없었다. 어떤 때에는 보리밥과 팥국조차 없어서 못 드셨지만, 도성의 사대부들 중에 와서 배우는 이가 많았다. 그 담박함을 함께하면서도 괴롭게 여기지 않고 부지런히 종사하며 좌우를 떠나지 않아 성취한 자가 매우 많았다. 당시 할아버지는 훌륭한 스승으로 알려졌는데, 사람들이 세력이 아닌 덕을 사모하였기 때문이다.

요즘 백 년 사이에 풍속이 날로 쇠퇴해져 스승을 반드시 집으로 불러 먹여주며 자제를 가르치게 한다. 저 자제들은 평소 교만한 데다 먹여주는 세력을 믿고 스승을 대한다. 스승 또한 위엄이 없어 꾸짖지도 회초리를 들지도 못하며 그저 가르치기만 한다. 자제들은 이미 스승을 낮춰보며 가르침을 받으니 참으로 학업이 나아지지 않는다. 그러면 또 이것으로 스승이 힘쓰지 않아 그렇다고 책망한다. 이는 썩은 줄을 주고서 사나운 말을 몰라는 것과 같을 따름이다. 이 때문에 현명한 자는 스승 노릇을 하려 하지 않고, 스승 노릇을 하는 자는 특별히 구하는 것이 있는 사람일 뿐이다.

어려서는 이렇게 공부하다가, 장성한 뒤에야 비로소 산림에서 명망이 높아 세력이 될 만한 자를 선택하여 스승으로 삼고는, 한 해가 다 가도록 학업을 익힌 적도 없는데 다만 문인(門人)이라는 이름만 빌려 사람들에게 떠벌린다. 끝내 그 스승에게 재앙을 끼치는 이가 많다. 이는 덕이 아닌 세력을 사모하였기 때문이다. 스승도 괴롭지 않겠는가?

그런즉 자제를 가르치려면 어떻게 시작해야 하는가? 찾아가서 배워야지 스승을 집에 모시면 안 된다. 어릴 때부터 스승의 도가 엄하다는 것을 안 뒤에야 비로소 학문에 나아갈 수 있다. 임금과 아버지는 정해진 지위가 있지만 스승에게는 그것이 없다. 오직 도가 있어야만 스승이 되는데, 무엇 때문에 그가 존귀한지 비천한지 가리는가? 덕은 자신에게 달려 있고 세력은 남에게 달려 있다. 배우는 자는 자신을 위하고자 하는가? 아니면 남을 위하고자 하는가?

성해응의 집안은 5대조 성후룡(成後龍) 대부터 서족이 되어 출사하는 것이 쉽지 않았다. 부친 성대중이 문과에 급제하고 종3품 북청 부사를 지내긴 했으나, 이는 매우 이례적인 경우였다. 대부분은 종6품 이하 미관말직에 불과하였다. 성해응의 조부 성효기(成孝基, 1701~1776)도 사정은 다르지 않았다. 당시 그는 진사시에 합격했으나 출사하지 못하여 고향에서 제자를 가르치고 있었다. 그런 그에게 학문을 배우기 위해 도처에서 학생들이 찾아온 것이다.

성해응은 조부를 예로 들며, 스승의 덕이 아닌 세력을 쫓아 배우는 작금의 세태를 비판하였다. 그리고 스승의 권위와 위엄을 세우기 위해서는 무엇보다 스승을 집으로 부르지 말고 자제들이 찾아가서 배우도록 할 것을 강조하였다.

이 글은 스승이란 무엇이며 어떻게 대우해야 하는지, 그리고 자식을 가르치는 올바른 방법에 대해 고심하고 해법을 마련하였다. 오늘날에도 시사하는 바가 있는 주목할 만한 작품이다.

훌륭한 문장이란

—

秋潭集序

나는 어려서 풍석(楓石) 서유구(徐有榘) 공을 따라 노닐었다. 공은 고금의 문장을 논할 때마다 반드시 진부한 말을 없애는 데 힘썼다. 무릇 깨끗하고 잡된 것이 의심스럽거나 순수하고 혼잡한 것이 섞여 있으면, 마치 치수(淄水)와 민수(澠水)의 물맛을 구별하고[1] 민옥(碈玉)과 박옥(礫玉)을 판결하듯[2] 매우 정밀하게 구별하였다. 여기에서 공이 자득(自得)한 바가 깊은 경지임을 알 수 있다.

지금 추담 군(秋潭君, 서우보)이 지은 문장 몇 편을 보니 참으로 가문을 이을 만한 재목이다. 군은 나이가 어린데 재주가 뛰어나 찬란하게 빛났으니 들어가는 곳마다 자득하지 않음이 없었다. 그러므로 소재를 취함에 박학하였고, 말을 선택함에 정밀하였으며, 평정(評定)은 신묘하고, 의론은 군건하였다. 이 것으로 세상을 울리기에 충분한데도 오히려 지엽적인 것이라

---

1 치수와 민수는 중국 산동성(山東省)에 있는 강으로, 두 강의 물맛이 서로 다르지만 섞어놓으면 판별하기 어렵다고 한다.

2 민옥(碈玉)은 민옥(珉玉), 박옥(礫玉)은 박옥(璞玉)을 가리키는 것으로 보인다. 민옥은 옥과 비슷한 가짜 옥돌이며, 박옥은 돌 속에 들어 있는 가공되지 않은 옥이다.

여겨 과거 공부를 그만두고 교유를 사양하며 날마다 아직 미치지 못한 것을 힘쓰니, 그의 나아감에 어찌 끝이 있겠는가?

무릇 문장의 성대함은 양한(兩漢)과 당송(唐宋) 시대만큼 융성한 적이 없었다. 그런데도 그 시대에 특이한 이를 찾아보면 10여 명에 불과할 뿐이다. 그들이 서로 쫓고 내달리매 괴이한 빛이 떨쳐 일었으니 참으로 각각 그 재주를 다했다고 하겠다. 그중에서도 문장이 가장 바른 사람을 찾아보면 이 10여 명도 장단점이 없을 수 없으니, 한나라의 가의(賈誼)와 동중서(董仲舒), 당나라의 창려(昌黎, 한유), 송(宋)나라의 구양수(歐陽脩)와 증공(曾鞏) 같은 몇 명에 불과하다. 이들과 같이 된 이후에야 바르다는 칭찬에 부끄러움이 없을 수 있다.

그러나 이 몇 사람도 대대로 문장을 전하지는 못했다. 오직 중루(中壘) 이유(二劉)[3]와 숙피(叔皮) 부자 형제[4]와 노천(老泉) 삼소(三蘇)[5]만이 대를 이어 전했다고 할 수 있다. 원래 문장이

---

3   중루는 한(漢)나라 때 중루교위(中壘校尉)를 지낸 유향(劉向)을 가리키는데, 유향이 일찍이 천록각(天祿閣)에서 교서(校書)를 했으므로 이른 말이다. 유흠(劉歆)은 유향의 세 아들 중 막내로서 성제(成帝) 때 유향과 함께 교비서(校祕書)로 있다가, 유향이 죽은 뒤 애제(哀帝) 초에 왕망의 천거로 시중태중대부(侍中太中大夫)가 되었다.

4   숙피는 동한(東漢)의 문학가였던 반표(班彪)의 자(字)이다. 그의 아들은 반고(班固)로 명제(明帝) 때 전교비서(典校祕書)를 지내고, 아버지가 저술하던 「한서(漢書)」를 이어서 완성하였다. 또 다른 아들로 반초(班超)가 있는데 서역(西域)을 정벌하여 군사마(軍司馬), 서역도호(西域都護) 등의 벼슬을 지냈다.

5   노천은 송(宋)나라 문인인 소순(蘇洵)의 호이다. 소순과 그의 두 아들 소식(蘇軾)과 소철(蘇轍)은 모두 문장이 뛰어나 당송 팔가(唐宋八家)에 들었으며, 세상에서 삼소라 불렀다.

뛰어나기란 쉽지 않으며 문로(門路)가 바르기는 더더욱 어렵다. 하물며 한집안에서 독차지할 수 있겠는가? 독차지한 자는 필시 하늘이 귀중한 지위를 부여해서이지 물려받을 수 있는 것이 아니다.

우리나라의 문장은 진부한 것이 늘 걱정이다. 진실로 들추어내어 제거하지 않는다면 말의 문채(言之文)라고 할 수 있겠는가? 그런데 들추어내어 제거하고자 해도 품격이 약하고 힘이 부족한 것 또한 걱정이다. 근세의 문장에는 이런 결점이 없지 않은 것이다.

추담 군의 집안은 대대로 문학을 숭상하여, 군의 증조부인 문정공(文靖公, 서명응) 이후 국가를 빛낸 문장으로 이미 당세에 추앙을 받았다. 군의 부친 풍석공은 문장을 지을 때 진부한 말을 제거하는 데 더욱 힘써서 우리나라 문장의 용렬한 법도와는 거리가 멀다. 오늘날 세상을 살펴보건대 특이하고 문장이 가장 바른 사람이다. 군은 아침저녁으로 가르침을 익숙히 받았으니 아마 옆에서 누가 도와주지 않았더라도 스스로 올바르게 되었을 것이다.

그런데 문장은 반드시 기세를 위주로 해야 한다. 기세가 성대하지 않으면 귀뚜라미 울음소리가 금석(金石)의 악기 소리를 감당하기에 부족한 것과 같다. 기세가 있어도 법도가 없은즉, 건장한 말이 끄는 아름다운 수레이지만 그 방울 소리가 절주에 맞을[6] 수 없는 것과 같다. 법도만 있고 견식이 없으면 먹줄과 자를 손에 가지고도 재단할 줄 모르는 것과 같다. 이 세 가지를 모두 갖추어야 바야흐로 온전하다고 할 수 있다.

나는 어려서부터 문장 짓는 법을 배워서 지금은 늙어 머리털이 세었는데도 여전히 성취한 바가 없다. 이것이 늘 한스러웠기에 군을 위해 자세히 말해주는 것이다. 군은 부디 이 말로써 그대가 넉넉히 가지고 있는 것을 더욱 발전시켜라.

지금 사람들과 문장을 논할 때, 만약 옛날의 특이한 이를 갑자기 말해주면 비록 그 기이함을 알지라도 문득 스스로 한계를 긋고, 문로가 바른 사람을 말해주면 더욱 휘둥그레 놀라서 따라갈 수 없다고 여기며, 또한 가학(家學)의 훌륭함을 권면하면 보고 들은 것에 익숙해서 그다지 깊이 찾지 않는다. 대저 어찌 그리들 하는가? 어찌 그리들 하는 것인가?

서명응(徐命膺)의 증손자이자 서유구의 아들인 서우보(徐宇輔, 1795~1827)의 『추담집(秋潭集)』에 쓴 서문이다. 추담(秋潭)은 서우보의 호이다. 이 글은 문장 작법에 관한 성해응의

---

6   원문의 '난화(鸞和)'는 수레에 다는 방울로, '난'은 멍에에, '화'는 가로막이 나무에 단다. 『예기(禮記)』「경해(經解)」에서 "걸어갈 때는 패옥 소리가 박자에 맞고, 수레를 타고 갈 때는 방울 소리가 절주에 맞도록 한다" 하여, 군자가 탄 수레에서 나는 방울 소리가 절주에 맞아 법도가 있음을 말한다.

생각이 논리적으로 명쾌하게 제시되어 있다.

그는 좋은 문장을 쓰기 위해서 기(氣)와 법(法)과 식(識)을 겸비하고 그중에서도 특히 식의 역할을 강조하였다. 문장의 기세와 이를 조절할 수 있는 법도가 있어도, 이들을 운용할 수 있는 작가의 '식', 즉 '견식(見識)'이 있어야 좋은 문장을 완성할 수 있다는 논리다. '견식'의 강조는 박학한 학문 성향과 연결된다. 대체로 '견식'은 사물과 현상에 대한 분별적인 안목을 의미하며 학문적 수련과 성찰을 통해 갖추게 된다. '견식'의 폭과 깊이에 따라 인식이 확장되는 만큼 '견식'은 박학과 연동되는 것이다. 풍부한 견식이야말로 성해응이 학문과 사상, 역사뿐 아니라 서화, 금석, 지리, 음악 등 다채로운 분야에서 방대한 작품 세계를 구사할 수 있도록 한 동인(動因)이 되었다.

시와 그림의 신묘한 경지

—

東詩畵譜序

　시와 그림은 모두 작은 재주지만 익혀서 신묘함을 터득하면 스스로 즐기기에 충분하니, 그 도가 서로 통하기 때문이다. 시는 사물을 형용하는 것을 공교하다 여기고, 그림은 형상과 비슷하게 그리는 것을 훌륭한 것으로 삼는다. 시를 짓고 그림을 그린 옛사람들은 힘이 온전하고 정신은 넉넉하였기 때문에 신묘하기를 구하지 않아도 저절로 신묘하였다.

　지금 『시경』 3백 편을 읽으면 무릇 초목의 가지가 무성하고 새와 짐승, 벌레, 물고기가 활동하고 변화하는 모습을 모두 말하지 않아도 깨달을 수 있다. 또 우(禹)임금의 솥에 새겨진 도깨비와 귀신의 기이하고 괴기스러운 모습들이 모두 털끝 하나 어긋남이 없기 때문에 그 형상들이 달아나 숨을 곳이 없다. 그렇지 않다면 어떻게 산림에 들어가 괴이한 것들을 만났을 때 갑자기 그 형상을 알 것인가?

　진당(晉唐) 이후로 시와 그림이 모두 신묘한 경지에 이른 사람으로는 왕마힐(王摩詰, 왕유)을 일컫는다. 그는 신운(神韻)은 비록 빼어나지만 기력(氣力)은 늘 모자란다. 비유하자면 가을 웅덩이가 다 말라서 물속의 돌이 드러난 격이다. 소산(蕭散,

한가하고 적적함)은 즐길 만하지만, 만약 크게 흘러 하늘을 삼킬 듯한 기세로 용솟음치고 콸콸 흐르는 물을 본다면 매우 약한 것이다. 그러나 그의 시는 언제나 의상(意象)의 밖에 한가로이 노닐고 게다가 하나하나 그림으로 드러낼 수 있기 때문에 그 신묘하고 그윽함을 따를 수 없다.

무릇 멀어서 쫓아갈 수 없고, 가깝되 잡을 수 없으며, 농밀하되 부섬(富贍)한 데는 이르지 않고, 건장하되 거친 데까지는 이르지 않으며, 심원하되 궁벽한 것에는 이르지 않는 것, 이것이 시와 그림이 경지에 들어간 경우이다. 나는 산속에 오래 거처하면서 사계절 동안 흐드러지게 피어 만발한 초목의 꽃들과 잡초 무성한 밭도랑 등 한적함이 넘쳐흐르는 풍광을 보았다. 가장 사랑한 장면은 안개비가 갑자기 몰려와 앞산 한 자락을 가렸다가 홀연히 흩어져 산줄기를 드러내더니 온갖 자태가 뒤섞여 나타나는 것이었다. 이때 시정(詩情)과 화의(畫意)가 나도 모르게 날아 움직여 오래갔다. 하지만 말이 졸렬하여 가슴속의 뜻을 다 펼 수 없었고, 붓이 서툴러 풍광 속의 정취를 모두 표현할 수 없었다. 익히지 않으면 공교로워질 수 없고, 공교롭지 못하면 신묘해지지 못한다. 이것으로 시와 그림을 잘하는 사람은 부지런히 마음 쓴 것임을 알 수 있었다.

옛날에 할아버지께서 우리나라의 시로써 그림의 재료가 되기에 알맞은 것을 뽑아, 당시 서화를 잘하는 사람의 손을 빌려, 중국인이 편찬한 『당시화보(唐詩畫譜)』를 따라 편찬하고자 하였으나 이루지 못하셨다. 이에 나의 동생 붕지(鵬之)가 그것을 완성하였다. 그런데 시가 있되 글씨까지 갖추기는 어렵고, 글씨가 갖추어졌지만 그림까지 구비하는 것은 더욱 어렵다. 무릇 뛰어난 재주는 나란히 모으기가 어려운 법이어서, 얻은 것은 수십 본(本)에 불과하다. 나는 할아버지께서 이루고자 하신 것이었기에 책머리에 글을 쓴다.

성해응의 조부 성효기가 『동시화보(東詩畵譜)』를 완성하지 못하고 죽자, 아우인 성해운이 이어서 완성하였다. 『동시화보』는 현재 전하지 않아 그 실체를 파악할 수 없다. 다만 『당시화보』의 체제를 따랐다고 하니 대략적 특징을 유추할 수 있다. 명나라 만력(萬曆) 연간에 간행된 『당시화보』는 시(詩), 서(書), 화(畵), 각(刻)이 어우러진 판각본으로, 당대 최고의 예술가들이 솜씨를 발휘한 것이다.

성효기는 『당시화보』처럼 우리나라의 시와 그림, 글씨를 모아 『동시화보』를 편찬하려고 하였다. 이 글은 『동시화보』의 서문으로 성해응의 서화에 대한 인식이 잘 드러난다. 그는 시와 그림의 이상적인 경지를 제시하고 시정(詩情)과 화의(畵意)에 대해 말하였다.

먼 곳에서 안개비가 갑자기 몰려와 앞산의 한 자락을 가렸다가 홀연히 흩어져 산줄기가 언뜻 드러날 때 온갖 형상이 넘쳐난다. 이때 자신도 모르는 사이 시정과 화의가 일어나게 된다. 시정과 화의가 일어나더라도 시와 그림으로 잘 표현하기 위해서는 부단한 연습이 필요하다. 정진하는 사람만이 좋은 시를 짓고 그림을 그릴 수 있다고 하여 서화의 효용성을 긍정하였다. 성해응의 섬세하고 충만한 감성과 심원한 예술적 지향을 확인할 수 있는 글이다.

과거 문장의 병폐
—

題科體詩後

옛날에 선비를 뽑을 때 언제 말로써 하지 않은 적이 있으며 재주를 시험할 때 언제 일로써 하지 않은 적이 있겠는가? 무릇 말이 선(善)한 뒤에 그 재주를 살필 수 있고, 재주가 뛰어난 뒤에 모든 일을 시험할 수 있다. 하지만 도를 마음에 품고 행동을 삼가는 선비는 본래 다른 사람에게 번거로이 과거에 급제하기를 청하지 않는다. 이는 과거공부가 경시받는 이유이다.

한(漢)나라 때는 명경(明經)과 대책(對策)으로 선비를 뽑았으니, 그래도 옛 법에 가까웠다. 사부(詞賦)로 사람을 뽑은 것은 바로 당송(唐宋) 이하의 습속이다. 명경과 대책은 그 사람의 말을 살필 수 있지만 시부(詩賦)와 같은 것은 대부분 다른 사람을 대신해서 말한 것이다. 스스로 말한 것을 살펴도 오히려 졸렬하고 어눌하여 잘할 수 없는데, 하물며 다른 사람을 대신해서 말한 것임에랴? 과연 그 사람의 뜻을 틀리지 않고 알아낼 수 있겠는가? 만약 틀리지 않게 그 사람의 뜻을 알아낸다 하더라도 이것은 곧 거짓이자 가짜다. 어찌 귀하게 여길 만한 것이겠는가? 지금 인재를 뽑는 방법은 공령체(功令體)에다 정해진 법식이 갖춰져 있어 그에 부합하면 뽑고 부합하지 않으면 뽑지 않는다.

대개 공령체는 원(元)나라에서 시작되었고, 조선의 춘정(春亭) 변계량(卞季良)이 기본 체제를 바탕으로 규칙을 한층 정교하게 다듬어 더욱 협소하고 비속해졌음을 알 수 있다. 그러니 어찌 초학자들이 익힐 만한 것이겠는가? 선비가 어릴 때부터 여기에 힘써서 과연 무엇을 할 것인가?

본디 공경할 만한 현인, 군자, 명사, 충신, 효자, 열녀라도 광대가 흉내 낸다면, 걸음걸이가 점잖고 담소가 당당한들 여기서 무슨 의(義)를 취하겠는가? 더구나 호협(豪俠)한 소년과 아름답게 꾸민 미인, 자질구레한 마을 일 따위야 한껏 까불며 최대한 기량을 발휘하여 다른 사람을 포복절도하게 한다 하더라도, 유식한 이가 옆에서 본다면 그 추함이 어떠하겠는가? 지금의 공령체가 이와 무엇이 다른가?

그러나 기운이 조화로우면 마음이 평안하고 마음이 평안하면 소리가 바르다. 저잣거리 아이들이 부르는 노래가 어찌 꼭 음률에 맞겠는가? 다만 마음을 움직이는 것은 조화로운 기운이기에 즐겁고 기쁠 수 있는 것이다. 그래서 치세(治世)를 점칠 수 있는 소리이다.

나는 예전에 과문(科文)으로 이름난 사람을 몇몇 본 적이 있는데, 번잡하고 촉급하며 느슨함에 따라 그 사람의 선악과 길흉을 알 수 있었다. 선비는 과문에 몰두하지 않고 옛날의 도를 행하면 그만이다. 그렇지 않다면 조화로운 것을 가려 따르고 조화롭지 않은 것을 골라 피해서 마치 분주히 길을 가는 자가 절도에 맞는 수레 방울 소리를 얻고자 하는 것처럼 해야 할 것이다. 그러지 않고 수레바퀴가 옆으로 기울어져 전복되는 것을 취할 것인가?

과거 제도의 폐해에 대해 논한 글이다. 공령체는 과거 시험 문체이며, 과거 시험 과목 중에는 명경과(明經科)와 제술과(製述科)가 중시된다. 명경과는 유교 경전을 강론하게 하여 뜻이 통하는지를 시험하고, 제술과는 경의(經義), 시(詩), 부(賦), 송(頌), 책(策), 논(論) 중 두세 과목을 시험 본다. 대책도 시험 과목의 일종인데, 책문(문제)을 내어 대책(답안)을 바치게 하는 것으로 경학(經學)과 시무(時務)에 대한 논문이다. 이 역시 제술과의 일종이다.

과거 제도는 고려 광종(光宗) 때 처음 실시된 이래 오랫동안 인재를 뽑는 수단으로 활용되었다. 그러나 점차 과거를 통한 인재 선발에 많은 문제점이 드러나기 시작했으며, 그 폐단은 조선 후기에 이르면 심각한 수준에 이른다. 이 글은 그에 대한 성해응의 의론을 펼친 것이다.

시부(詩賦)는 다른 사람을 대신해서 말한 것이기 때문에 응시자의 의중을 파악하기 어렵다. 당시 과거 시험을 통해 인재를 선발할 때 명경과보다 제술과를 중시했고, 제술과 중에서도 시부를 통해 응시자의 역량을 평가하였다. 그러다 보니 선비들은 어려서부터 시부를 짓는 데 온 힘을 기울이게 된다.

성해응은 이러한 상황을 광대에 비유하여 신랄하게 풍자하고 비판하였다. 광대가 훌륭한 사람을 공경하고 사모하여 똑같이 흉내 낸다 하더라도 이는 겉모습만 모방한 것이지 진짜가 아니다. 따라서 겉모습만 모방한 과거 문장에 힘쓰는 대신 진정한 학문에 임할 것을 강조하였다.

서북 지역의 인재를 등용하라

—

獎人材

청천강 이북은 고구려의 옛 영토로 발해가 계승하였고 발해가 멸망하자 숙여진(熟女眞)[1]이 웅거하였다. 그들이 한창 흥성할 때는 건장하고 호방한 무리가 이루 셀 수 없었다. 을지문덕이 수나라 군사를 격파하고 대조영이 동방을 굽어보고 연개소문이 꿋꿋하게 지킨 곳이기도 하다. 왕사례(王思禮)와 고선지(高仙芝)는 당(唐)의 명장으로 모두 이 땅에서 태어났다. 여진의 호방한 무리가 압록강 북쪽으로 옮겨 와 종족을 널리 퍼트렸는데 이것이 만주족이다.

그 산천은 황량하고 풍토는 강성하며 백성은 모두 날래고 사납다. 기력을 자랑하여 때때로 강개하였고 재물을 가벼이 여겨 남에게 베풀었으니, 대개 연(燕)나라와 조(趙)나라의 풍토이다. 따라서 적절한 방법으로 다스린다면 모두 목숨을 바치려 할 테지만 뜻을 거스르면 관장을 원수처럼 여기고 흉악하게 굴어 다스리기 힘든 혼란과 분규를 겪게 될 것이다.

청천강 이북은 더욱 배척당하고 버려졌다. 선비로 이름난 이

---

1   만주 서남쪽에 있는 길들여진 부족이며, 생여진(生女眞)은 귀화하지 않은 여진족이다.

는 과거에 합격한 뒤에도 청현직(淸顯職)을 얻을 수 없고, 무예를 하는 자 또한 첨사나 만호에 그칠 뿐이다. 그래서 고되고 춥게 떠돌이 신세로 지내다가 가산을 다 써버려 피해가 구족(九族)에게 미친다. 이런 까닭에 모두가 힘 있는 이에게 연줄을 대고 벼슬길을 청탁해 고을의 아전이나 창고지기 등의 벼슬을 얻어 향리의 권세로 자부한다. 우뚝하게 뛰어난 인재가 비록 그 속에서 태어난다 하더라도 어떻게 드러날 수 있겠는가?

지난 몇 세대를 돌이켜보면 장군 재목은 변방에서 많이 태어났다. 황명(皇明)의 제도는 훈척(勳戚)들이 경영(京營)의 군대를 관장하여 수도 지역을 방위하게 하고, 변방의 무사들은 전쟁터에서 죽을힘을 다한다. 만계(滿桂)는 명(明)에 항복한 몽고 출신으로 영원(寧遠)에서 공명을 세웠고, 좌량옥(左良玉)과 황득공(黃得功)은 요동 태생으로 모두 한 지방을 지킨 공적을 세웠다. 이들은 모두 그 자신이 모진 고통을 견디며 험난한 곳에서 이기기 위해 싸웠고 사졸들과 동고동락하며 기세를 길렀으니, 대대로 장군 집안 출신이거나 부귀한 집 자제들과 비할바가 아니었다.

서북 일대는 아울러 시급한 걱정거리가 있다. 갑작스럽게 긴 창을 들고 변방을 침범해오거나 군마로 이 지역을 짓밟는다면 장차 어떻게 막을 것인가? 하루빨리 인재를 길러야 하고 근심거리라 생각되는 것은 대비해야 한다. 이제 만약 스스로 새로워지는 길을 넓히려면 장수의 직임은 진실로 재주만 있다면 구애받아서는 안 된다. 또한 한 사람을 발탁하고 임용하여 서북 인사를 진작시키면 인심은 절로 뛸 듯이 기뻐하며 각자 스스로 연마하여 등용되기를 기다릴 것이다. 그리고 등용되기만 한다면 반드시 국가를 위하여 한번 죽기로 마음먹을 것이다.

서북의 무인이 처음부터 벼슬길이 막힌 것은 아니었다. 관서의 정봉수(鄭鳳壽), 관북의 전백록(全百祿) 무리가 일찍이 변방을 맡아 다스리자 백 년 동안 평안하였다. 그런데 무직(武職)을 가려 뽑지 않고 신분 문벌로 차례차례 올라가 얻게 되었으니, 어찌 멀리 떨어진 지방의 사람에게까지 돌아가 미치겠는가?

청천 이북의 선비들은 명경과로 진출을 도모하기도 한다. 그러나 지금 명경과는 다만 입으로만 읽고 실제로 쓸 데가 없다. 매번 식년시가 있는 해에 비록 숙련된 자를 발탁한다 하더라도 문치(文治)에 무슨 도움이 되겠는가? 무(武)를 장려하여 변방을 굳세게 하는 것만 못하다. 문(文)과 무(武)는 하나다. 지금 사람들은 궁마(弓馬)에 능하다고 하면 성을 내고 문사(文史)를 잘한다고 하면 기뻐하니, 이 습속은 더욱 개혁되어야 마땅하다.

1826년(순조 26) 함경 감사로 부임하는 이존수(李存秀, 1772~1829)를 전송하면서 쓴 글이다. 서북민은 조선 초 북방이 개척될 때 남방의 세족(世族) 중 죄를 지어 이주한 자와 임진왜란 때 피란하여 올라온 자들이 대부분이다. 이들은 서북 지역에 정착하면서부터 더 이상 발신할 수 없게 되었다. 학문적 혜택을 받기 어려웠고, 간혹 뛰어난 역량을 가졌다 하더라도 출신 지역에 얽매여 관리로 현달할 수 없었다. 따라서 이들의 불만은 일시적인 것이 아닌 국초부터 지속되어 왔으며, 그 대상도 전 계층을 망라한다는 점에 문제의 심각성이 있다. 서북 지역의 구조적인 병폐가 불거지면서 결국 홍경래의 난이 발발했던 것이다.

성해응은 조선 왕조의 지나친 숭문주의를 비판하고 문무를 함께 장려하여 국가 위기에 무인을 적극 활용할 것을 주장하였다. 문무는 각각의 쓰임과 특장이 있기 때문에 문인만 지나치게 우대하여 무인들이 상대적 박탈감을 느낀다면 종국에는 심각한 국력 저하를 초래할 것이라는 논리다. 무의 가치를 적극적으로 제고하고 구체적 실현 방법을 논리적으로 제시한 만큼 경세 의식에 바탕을 둔 실학적 사고를 확인할 수 있다.

중국의 정세를 잘 파악하라

送從子祐曾入燕序

조카 우증이 연경(燕京)에 간다고 나에게 말했다. 판서 정만석(鄭晚錫) 공이 추천한 것이다. 나는 예전에 공이 관찰사가 되어 충청도를 다스리는 것을 본 적 있다. 그는 몸가짐이 청렴하고 일처리가 원대하였는데, 남에게도 똑같이 하기를 요구하였다. 그래서 충청도 감영은 늘 청렴하고 한가로웠다.

어리석은 네가 어떻게 공으로부터 인정을 받을 수 있었을까? 게다가 연경은 내가 젊은 시절에 유람하고 싶었지만 가지 못한 곳이었다. 이제 네가 가게 되었으니 힘쓸지어다.

나는 전부터 괴이하게 여긴 것이 있다. 우리의 서북쪽은 모두 고구려, 발해의 옛 영토이다. 저들은 모두 한 지역에 웅거하여 중국의 걱정거리가 되었다. 여진은 갈라전(曷懶甸)에서 일어나 중국을 점거하였다. 갈라전은 지금 함흥과 북청의 경계이다. 또 건주(建州)와 같은 것은 여진의 한 부족이었다. 처음에는 복종하고 우리를 섬겼는데, 곧이어 천하를 통일해 국가를 향유한 지 오래되어 한나라와 당나라의 성대함에 도달하였다. 아마도 풍속이 강건하고 사나워 여러 오랑캐보다 뛰어나서 그럴 것이다.

한편 만물의 처음과 끝은 모두 간괘(艮卦)에 있으니, 간괘는 동북쪽 자리이다. 저들은 그 방향에 거처하여 시작하는 기운을 얻었기 때문에 그럴 것이다. 또한 저들은 그것을 이용하고도 남음이 있는데, 우리는 그것을 소유하고도 도리어 허약한 나라로 불린다. 도대체 어째서인가? 그러나 성하면 반드시 쇠하는 것이 이치이다. 안락하고 아무 일도 없는 저들이 과연 한창 강성한 시기에도 마음 놓지 않고 경계할 수 있을는지?

내가 듣기에, 원명원(圓明園)과 창춘원(暢春園), 정의원(靜宜園)과 정명원(靜明園)이 모두 단청과 정교한 조각으로 영롱하고 화려하여 궁실의 성대함은 진(秦)나라와 수(隋)나라에도 없었던 것이라고 한다. 보배로운 솥과 그릇들이 내부(內府)에 가득 쌓여 있고, 주(周)나라의 종과 한나라의 보석, 단계(端溪)와 흡현(歙縣)의 벼루, 화전(和闐)의 옥을 모두 샅샅이 거두어들여 눈과 귀를 사치스럽게 하며, 법서와 명화가 좌우에 줄지어 있다. 진귀한 나무를 심어놓고 기이한 새를 벌여놓아 감상 거리가 선화(宣和, 송나라 휘종의 연호) 시대조차 미치지 못한다고 한다.

더욱이 각라(覺羅, 청나라 황실)의 황족들은 온화하고 우아하게 잔치를 베풀고 귀한 서적을 열람하며 실컷 자유롭게 즐겼다. 곱고 화려한 문장을 지어서 걸핏하면 요금(遼金)의 재주 있는 문인들을 본받고자 했다. 들매가 굶주렸을 때는 아주 힘 있게 공격해 제멋대로 마음껏 쪼아 먹지만, 새장에서 날마다

고기를 배불리 먹으면 유약하고 해이해져 발톱과 이빨조차 쓸 수 없다. 지금 청나라 사람의 세력은 이와 비슷한 것이 아니겠는가?

또한 청나라는 법령이 잘 지켜졌었다. 지금 우리 사신이 그들의 궁궐에 들어가 보니 눈이 치워지지 않았고, 의상이 더럽기까지 하다. 게다가 소주(蘇州)와 항주(杭州)의 직물은 얇고 성글어서 법식에 어긋나 사신들에게 하사한 비단은 모두 치수가 맞지 않았다. 이렇게 기강이 해이해지고 재용(財用)은 고갈되었으니, 저들이 무엇을 믿고 스스로 존립할 수 있겠느냐? 중국에 변고가 생기면 우리는 곧바로 그 해를 입거니와, 원나라와 명나라의 말엽을 보면 알 수 있다. 경계하지 않을 수 있겠느냐?

옛날 선백(單伯, 주나라의 고위 관료)이 진(陳)나라를 지날 때 교량과 도로와 관사가 반듯하게 정비되지 않은 것을 보고 반드시 망할 줄 알아차렸다. 그래서 외국을 방문하는 사신에게 정탐은 중요한 것이다. 영원(寧遠)과 금주(錦州)성을 지날 때에는 고양(高陽) 손승종(孫承宗)과 경략(經略) 원숭환(袁崇煥)이 법도를 갖춰 장악하여 제어함으로써 전승을 거둔 옛일을 떠올리거라. 송산(松山)과 행산(杏山)을 지날 때에는 홍승주(洪承疇)가 용맹한 장수와 많은 군사를 거느리고도 패배하여 사로잡힌 사실을 떠올리고, 산해관(山海關)에 들어갈 때에는 틈적(闖賊, 이자성)이 도르곤(多爾袞)에게 몰살당한 땅을 살펴보아라. 그러면 득실의 자취와 승패의 기미를 다 파악하여 스스로를 경계하기에 충분할 것이다.

너는 모름지기 살펴본 것을 모두 공에게 알려야 할 것이다. 공은 항상 원대한 계책을 품고 있으니 반드시 잘 합치될 것이다. 너는 나를 떠나 수백 리 먼 곳을 간 적이 없었다. 이제 중국의 성대함을 보고 한 해 지나 돌아올 것이니, 연운(燕雲) 지역의 겨울눈이 모두 걱정스럽구나. 연경 물건을 지나치게 탐해서는 안 되고 그쪽 사람을 함부로 사귀어서도 안 된다. 이 점은 모두 네가 일찍이 알고 있던 것들이다. 또 반드시 정(鄭) 공이 몸가짐을 절제했던 방법을 살펴보아야 한다. 그렇게만 한다면 걱정이 없을 것이므로 자세히 말하지 않겠다.

연행가는 조카 성우증(1783~1864)을 전송하면서 쓴 글이다. 정만석이 1819년(순조 19) 동지정사로 청나라에 가게 되면서 성우증을 추천한 것이다.

성해응은 평소 서북 지역과 백성에 관심을 갖고 다양한 개혁 방안을 제시한 데 이어 그 지역을 정비하여 북쪽 경계를 강화하자는 주장을 펼쳤다. 그는 유득공 등 연행사의 전문(傳聞)을 통해 청이 점차 쇠퇴해가는 것으로 판단하였다. 그런데 청이 망하면 조선에도 중대한 영향을 끼치게 된다. 청이 중원에서 쫓겨난다면 원래 그들의 본거지였던 영고탑(寧古塔) 일대의 만주 지역으로 퇴각할 것이다. 이는 압록강과 두만강을 경계로 조선의 서북 지역과 청이 직접 대치하는 상황으로 전개되어 조선의 근심거리가 되는 것을 의미한다.

성해응은 일국적 시각을 넘어 시대적 조류를 민감하게 느끼고 있었던 듯하다. 청의 기강 해이와 재용 고갈을 간파하고 그것이 청조의 쇠락 조짐임을 예견한 것이다. 그래서 조카에게 청의 멸망이 조선에 미칠 여파에 대해 깊은 우려를 표명하고 정세 파악을 잘하고 돌아올 것을 당부하였다. 시대를 앞선 그의 예리한 식견과 대처 방안을 확인할 수 있다.

제 5 부

기인과 열녀

마음으로 듣는 아름다운 소리

—

復書竹下哀李琴師文後

결성(結城) 황리(黃里)에 사는 이금사(李琴師)는 집안 내력과 이름을 모른다. 또 얼굴을 한 번도 본 적이 없는 데다 그 사람을 잘 모르니 하물며 그의 음악을 내 어찌 알겠는가? 그러니 까마득히 잊어버리는 것이 당연하건만 금사가 언제나 거문고를 잡고 내 곁에서 연주하는 것처럼 느껴진다. 왜 그런 것일까?

그것은 죽하(竹下, 김기서)의 글 때문이다. 죽하도 사실 그 사람을 잘 알지 못했다. 원당(元堂) 유씨(柳氏)의 별장에서 한 번 연주를 들었을 뿐인 데다가 그의 연주가 좋으니 나쁘니 말하지도 않았다. 내가 무슨 수로 그 음악을 알겠는가? 말하자면 이것이 의경(意境)[1]이다. 의경이라는 것은 어떤 방법으로 얻을 수 있는가? 사물을 앞에서 접하고 보이는 대로 따라가면 의경이 되는 것이니, 오직 마음을 둔 자만이 얻을 수 있다. 얻은 후 정신을 집중하지 않으면 의경을 유지할 수 없다. 의경을 유지하는 데 이르러야 오래간다.

나는 오랫동안 시골에 살면서 산, 물, 나무, 짐승, 벌레와 물

---

1 문예 작품이나 자연 경물에 표현되어 나온 정조(情調)와 경계(境界)를 말한다.

고기들의 변화와 더불어 안개, 연기, 서리, 눈, 구름, 달, 사계절의 밝고 어두움이 앞에서 서로 접하는 것을 보았다. 이 모두가 내가 말한 의경이라는 것이다. 내가 유유히 마음에 느낀 뒤 의경이 비로소 내 마음과 합치되었다. 그리하여 그윽하게 맑고, 시원하여 좋으며, 아스라이 멀어서 홀로 즐길 만한 것이 있었다. 그러나 이것은 그래도 형상이 있다. 만일 마음으로 인해 생각이 나고 생각 때문에 형상이 생기고 형상으로 의경이 생성되면 오직 신(神)의 경지일 것이다.

나는 일찍이 죽하를 찾아간 적이 있다. 그 집에 들어가 보니 추녀와 창, 기둥, 섬돌 계단, 울타리가 모두 단정하고 가지런하였다. 그리고 방 안에 들어가니 책상, 술잔, 서책, 약주머니가 다 깨끗하고 좋았다. 문에 기대어 보니 꽃과 과일나무와 대나무, 마름과 가시연꽃 등이 온통 그늘을 드리우며 뒤섞여 어우러졌다. 월도(月島)의 물이 아득히 몰려와 그 집의 연못을 잠기게 하고, 수려하게 아름다운 흥령(興嶺)과 원산(元山)이 집을 둘러싸고 있었다. 나는 이 모든 풍경을 지금 10년째 하나하나 마음속에 품고 잊지 않았다. 이것은 형상이 있으면서도 없는 것이다.

원당에 있는 유씨의 별장을 나는 본 적이 없다. 죽하의 이웃인 점으로 미루어본다면, 집은 그윽하고 정결하며 마을은 깨끗하고 궁벽한 곳일 것이다. 바다와 산의 풍취가 시원스럽게 그 집에 모였다. 이는 형상이 없는 것 중에서도 뛰어난 것이다. 무롯 형상이 있는 것은 내가 아침저녁 접하는 것으로 의경을 쉽게 얻을 수 있다. 형상이 있으면서 없는 것은 사람에게 달려 있으니, 진실로 그 사람을 생각하여 얻을 수 없다면 의경에 도달할 수 없다. 형상이 없는 것 중의 뛰어난 것은 그 사람의 노닒을 통해 얻기에, 더욱 간절하게 생각한 뒤에야 의경을 비로소 볼 수 있다.

죽하는 초겨울 낙엽 진 밤에 이 거문고 소리를 들었다. 이때 사방 벌판은 깜깜하고 달빛이 창을 비추고 있었다. 나는 참으로 그 형상으로 인해 의경을 얻을 수 있었다. 금사의 거문고 연주는 정제되고 절실하며, 타는 곡조는 느리고 완만했을 것이다.

이윽고 그 모습이 눈에 고요히 들어오고 소리가 슬프게 귀에 가득 들려오며 궁상(宮商)[2]의 음률이 찌르릉 연주된다. 이것이 장자(莊子)가 말한 '신응(神凝)'[3]이라는 것이 아니겠는가? 금사는 비록 세상을 떠났지만 의경은 결코 사라지지 않았다. 하물며 죽하의 문장이 또 그 의경을 드러내고 있지 않은가?

---

2 오음(五音)의 궁음(宮音)과 상음(商音)을 합하여 부르는 것으로, 악곡이나 시가의 음조를 말한다.
3 신묘한 정기(精氣)의 작용력이 응집되는 것으로, 여기서 신(神)은 정신을 의미한다. (『장자』 소요유(逍遙遊)」)

죽하 김기서(金箕書)가 이금사의 죽음을 애도하여 쓴 글(哀李琴師文)을 읽고 기록한 것이다. 이금사는 충청도 결성에서 활동한 거문고의 달인이다.

성해응은 이금사를 만난 적이 없으며, 김기서의 글을 통해 그 존재와 죽음을 알게 되었다. 그럼에도 마치 백아(伯牙)와 종자기(鍾子期)처럼 이금사의 거문고 소리를 이해한 것이다. 이른바 '의경(意境)'이다. 듣지 않고도 만들어진 무형의 형상은 마음으로 감동하여 이미지[想]가 생기고 그로 인해 형성된 것이다. 성해응은 이금사의 연주를 들은 적이 없지만[無形] 김기서의 글을 읽고 감동받아[想] 뛰어난 절조를 느낄 수 있었다[形]. 이때 생성된 의경은 '신(神)'의 경지이다.

이금사는 비록 죽었지만 그의 아름다운 음악은 성해응의 글을 통해 생동하게 전해진다. 성해응은 자신이 체험한 '의경'과 '신'의 경지에 도달하는 과정을 뛰어난 필치로 묘사하였다. 음악에 대한 이해와 섬세한 감성이 있어서 가능했을 것이다. 그의 예술적 감성과 문학적 역량을 보여주기에 손색없는 뛰어난 작품이다.

이 시대의 기남자 백동수

—

書白永叔事

영숙(永叔) 백동수(白東脩)는 본관이 수원이다. 절도사를 지낸 증조부 백시구(白時耇)는 경종 때 정책(定策) 대신들과 함께 화를 당했다. 시호는 충장(忠莊)이다.

영숙은 태어나면서 굳세고 용맹하였다. 이름난 집안의 자식으로 일찍 무과에 급제하여 선전관(宣傳官)이 되었으나 늘 즐거워하지 않았다. 다만 협객을 따라 사사로이 노니는 것을 좋아하였다. 한번은 그 무리를 이끌고 북한산 절 누대에 올라가서는 술을 마시고 기생에게 노래하도록 명하였다. 무뢰배들이 쫓아내려 하자 영숙은 곧 눈을 부릅뜨고 소매를 떨치면서 일어나니 수염과 머리털이 다 뻗쳐 무뢰배들이 두려워 달아났다. 나는 그의 이름을 들었지만 만나지는 못했다.

무신년(1788) 봄, 청장관(靑莊館) 이덕무(李德懋)가 거문고와 퉁소를 준비하여 늙으신 부모님을 즐겁게 해드렸는데, 나도 가서 축하해드렸다. 이 자리에서 졸고 있던 자가 갑자기 일어나 술에 취한 눈을 비비더니 그림 잘 그리는 김홍도를 잡아당겨 '노신선 그림'을 요청하는데, 그 화법(畵法)에 대해 매우 자세히 말하였다. 그가 바로 영숙이었다. 나는 그의 재주를 기이하게 여겼다.

당시 선친이 비서성(秘書省)에서 숙직할 때면 당대의 수많은 명사가 술을 싣고 왔다. 영숙도 가끔 와서 옛적의 치란(治亂)과 흥폐(興廢)의 근원 및 중국 산천과 변경 방위의 형세에 대하여 차분하고 침착하게 말했는데, 언제나 메아리가 응답하듯 이어져 끊어지지 않았다.

그는 이렇게 말하였다.

"나는 예법이 있는 사람을 만나면 예법으로 대우하고, 문장과 서화에 뛰어난 사람을 만나면 그에 맞춰 대하고, 점, 무당, 의약, 각종 기예, 술수(術數)에 능한 사람을 보면 모두 그에 맞춰 대합니다. 나는 그대가 조신함을 좋아하기 때문에 용모를 단정히 한 것입니다."

나는 그의 폭넓은 재주에 감탄하였다. 그는 또 이렇게 말하였다.

"내 일찍이 세상을 살피다가 마음에 맞지 않는 것이 있어 춘천의 산속으로 들어가 몸소 척박한 땅을 갈아 기장과 조를 많이 심고 닭과 돼지를 두루 길렀습니다. 그리고 명절이면 술을 빚어 이웃 어른들을 초대해 실컷 마시며 즐거워하였습니다. 가서 오랫동안 돌아오지 않을 생각이었으나, 이내 쓸쓸하고 삭막한 것이 괴로웠습니다. 나는 다시 식구를 데리고 도성으로 들어가 집을 빌려 살면서, 마음 맞는 사람을 찾아 만나 유쾌하게 담소하며 유유자적하는데, 이것이 또 하나의 행복한 일입니다."

나는 그의 뜻으로도 하지 못하는 것이 있는 데 놀랐다.

정조 기유년(1789)에 장용영(壯勇營)을 설치하였다. 임금께서 영숙의 재주를 아시고 초관(哨官, 종9품 무관)에 제수하셨으며 『무예도보통지(武藝圖譜通志)』를 편찬하도록 명하셨다. 일을 마치자 비인(庇仁) 현감에 임명되었으나 부친상을 당하여 돌아왔다. 한참 뒤에 박천(博川) 군수가 되었다가 오래지 않아 관직에서 물러났다.

영숙의 집은 본래 넉넉하였지만 궁핍한 이를 구제하는 것을 좋아했기 때문에 재산이 흩어져도 베풀기를 멈추지 않았다. 한 번은 굶주린 채 몇 칸 되는 좁은 집에 누워 있다가 돈 몇 꾸러미를 얻게 되어 빚쟁이에게 갚고 나머지로 음식을 마련하려 하였다. 그런데 이웃의 이름난 관리가 죽었는데도 염하지 못했다는 소식을 듣고는 곧장 모든 돈을 그 집에 주었다. 외읍(外邑)에 있을 때 받은 봉록은 항상 빚 갚는 데 다 써버려 부족하였다.

영숙은 이미 늙고 병들었으며, 아내와 첩은 죽었고, 젊은 시절 교유했던 이들 또한 살아 있는 자가 적었다. 나는 그가 의지할 데 없이 곤궁하게 사는 것이 마음 아파 가서 살펴본 적이 있다. 그는 수족을 모두 쓰지 못하여 일어날 수 없는데도 평소처럼 환하게 웃고는 "내가 비록 병들긴 했지만 그래도 아침저녁으로 밥 한 그릇을 먹을 수 있습니다. 내 운명은 본래 정해졌으니 다시 무엇을 걱정하겠습니까?" 하였다. 나는 그의 기이한 기상이 여전히 남아 있음을 애석하게 여겼는데, 지금 영숙이 죽었다는 소식을 들었다.

옛날 빼어나고 범상치 않은 인물은 차라리 자취를 거두어 현실에서 부침할지언정 뜻을 굽혀 권세가에게 아첨하여 공명을 취하지는 않았다. 뜻있는 선비들도 그런 사람들을 찾았으며, 간혹 그런 사람을 찾으면 대단히 즐거워하여 정신이 빠져도 싫어하지 않았다. 대개 시대를 근심하고 풍속을 안타깝게 여긴 뜻에서 나온 것이다. 나는 일찍이 구양수가 지은 「석비연시서(釋秘演詩序)」를 읽고 감탄하여, 마침내 영숙의 처음과 끝을 기록하였다. 안타깝다! 다시는 기이한 남자를 볼 수 없구나.

무사 백동수(1743~1816)를 기록한 글이다. 그는 서자 출신으로 무과에 급제하였으며 『무예도보통지』를 제작하였다.

성해응은 선대부터 백동수와 친분이 있어 뛰어난 무술 실력과 기이한 행적에 대해 잘 알고 있었다. 그러므로 백동수가 젊은 시절 세상과 화합하지 못하고 방황하던 모습과 인상적인 첫 만남, 늙고 병든 노년에도 드높았던 기상을 자세하게 기록하였다. 백동수는 무예는 물론이고 정치와 국방, 화법(畵法)에 대해서도 해박한 지식을 가지고 있었다. 곤궁한 이들을 구제하다 가세가 기울었으며 자신이 굶주리던 상황에서도 더 힘든 처지의 사람을 기꺼이 도와주기도 하였다. 그러나 끝내 발신하지 못하고 불우하게 생을 마쳤다.

성해응은 조선의 협객 무사로서의 면모를 유감없이 발휘한 백동수를 기남자(奇男子)라 평가하였다. 이 글은 뛰어난 무인이지만 신분적 처지로 인해 발신(發身)하지 못한 한 경계인의 삶을 재조명한 것이다.

신선 이정해

—

書李神仙事

세상에서 말하는 신선은 대부분 이(李) 신선의 부류일 것이다. 내가 20여 세쯤 시골 노인에게서 이 신선의 일을 들은 적이 있는데 매우 신기하였다. 그는 걸음이 매우 빨라 사람들이 좇아갈 수 없고, 그의 시는 모두 뛰어나 속세의 말이 아니었으며, 사람의 선악을 미리 알았다고 한다. 나는 그를 신선으로 생각했으나 만나지는 못하였다.

무신년(1788) 정월 대보름 밤에 낙산(駱山) 아래서 해양(海陽) 나열(羅烈) 공을 뵈었다. 좌중에는 외모가 초췌한 사람이 한창 추운 날씨에 남루한 옷을 입고 이불을 끌어안은 채 누워 있었는데 곁의 사람들이 모두 하찮게 여겼다. 나 공은 처음부터 그를 흔쾌히 맞이하였고, 자주 찾아와도 귀찮아하지 않았다. 물어보니 바로 신선 이정해(李廷楷)였다.

내가 대은암(大隱菴)에 이르러 화암(花菴) 옆을 보니 경산(京山) 이한진(李漢鎭) 공 댁이었다. 이때 도성의 명사들이 다투어 모여들면서 각각 술통과 진귀한 음식을 가져왔다. 이 신선은 지계(芝溪) 송재도(宋載道) 공과 바둑을 두다가 문득 가서 구걸하니 매우 구차해 보였다. 어떤 이는 주고 어떤 이는 주지 않았으나 신선은 부끄러워하지 않고 게걸스럽게 먹었는데 얼굴에는 즐거움이 가득하였다.

나는 당시 사람들이 전하는 신선의 시에 대해 물어본 적이 있다. 다수가 신선의 시였다. 신선은 술과 음식을 구하기 위해 송도(松都) 부잣집에서 노니는 것을 좋아하였다. 이런 생활이 오래되자 사람들은 대부분 그를 싫어하게 되었고, 그는 마침내 추위와 굶주림으로 파주 길가에서 죽었다.

이 신선은 집과 자손이 있으며 대대로 벼슬을 한 집안인데 이러한 고행을 멈추지 않았으니 이상하도다! 만약 이 신선이 산천에 깊숙이 숨었다면 도술이 깊지 않아도 사람들은 반드시 그를 신선으로 여겨 부풀리고 과장하여 전(傳)을 짓고 백양(伯陽, 노자)과 소산(小山)의 무리[1]처럼 장생불사(長生不死)한다고 여겼을 것이다. 그런데 그는 자주 서울에서 노닐었으니 애석한 일이다.

경산 이 공은 일찍이 말하였다.

"단양 골짜기를 유람할 때 만난 신명휴(申命休)란 자에게서 이런 이야기를 들었네. 소백산의 어떤 이인(異人)이 3백 리 밖에서 늙은 부모를 보살피는 데 아침저녁을 어기지 않았다네. 산속에는 밭에 심어놓은 곡식을 먹는 날짐승과 사슴이 많았는

---

1 소산은 산림에 은거하려는 뜻을 지닌 사람을 말한다. 한나라 회남왕(淮南王) 안(安)이 옛 풍도를 좋아하여 숨어 사는 천하의 위인들을 불러 모으자, 모두 그의 덕을 사모하여 모여든 뒤 스스로 소산, 대산(大山)이라 일컬었다고 한다.

데, 이인은 팔진법(八陣法)[2]을 써서 관리하여 하나도 손실이 없었다지. 그리고 신명휴가 평소 복통이 있어 이인에게 치료해주기를 청하자, 그는 곧 신명휴를 눕히고 자기 손으로 직접 어루만져 병을 고친 뒤에 사라졌다고 하네. 혹 수련하는 자가 한 것인가? 아니면 신명휴가 일부러 그 말을 신이하게 해서 남을 속여 자랑한 것인가?"

그 말이 매우 괴이하여 기록해두고 산속 사람 중 아는 자를 기다리노라. 그런데 멀리 있으면 신선이 된다. 저가 소백산에 있었기 때문에 사람들이 기이하게 여긴 것이다. 가령 속세에서 노닐었다면 이 신선의 부류가 아니라는 사실을 알았을 것이다.

성해응은 1788년(정조 12) 정월 대보름 밤 서울 북악 동쪽 기슭에 있는 대은암에서 처음 이정해를 만났다. 기행(奇行)에다 시도 잘 짓는 이정해야말로 신선이라 여겼으나, 정작 그는 사람들의 냉대를 받으며 추위와 굶주림에 떨다 죽고 만다.

흔히 세상에서 종적을 감추고 깊은 산림에 은거해야 신선이라고 한다. 산림에 은거하면 신선이 되지만 도회지에서 살아가

---

2 전장(戰場)에서 사용하는 여덟 가지 진(陣). 『잡병서(雜兵書)』에 1방진(方陣), 2원진(圓陣), 3빈진(牝陣), 4모진(牡陣), 5충진(衝陣), 6윤진(輪陣), 7부저진(浮沮陣), 8안행진(鴈行陣)이라 했다.

면 미친 사람이 될 뿐이다. 성해응은 이정해의 자취가 인멸되는 것을 안타까워하였다. 산림에 은거한다는 것만으로 신선 대접을 받는 소백산 이인(異人)의 행적과 비교하여, 속세에서 사람들과 부대끼며 생활하는 이정해의 행적을 부각시키고 높이 평가하였다. 기이한 행적과 뛰어난 재주를 가지고 있지만 그에 걸맞은 평가를 받지 못한 인물에 대한 관심과 애정을 확인할 수 있는 글이다.

김은애가 추문에 대처하는 방법

—

金銀愛傳

정조 경술년(1790) 국가에 큰 경사가 있어 서울과 지방의
사형수를 심리하여 대부분 사면하고 석방하였다. 임금께서 신
(臣) 해응에게 명하시어 판결을 적으라 하며 "이는 국가의 운
세가 영원하도록 하늘에 기원하는 뜻이니, 네가 이 일에 참여
하게 된 것은 다행이다" 하셨다. 호남의 김은애(金銀愛)를 판
결하게 되자, 임금께서 신에게 앞으로 나오도록 명하고는 "이
일은 매우 기이하니 내가 자못 자세히 말하여 판결할 것이다.
너는 잘 받아 적거라" 하셨다. 지금 29년이 되었는데 임금의
말씀이 또렷하게 귀에 들리는 듯하다. 또 당시 임금의 명으로
지었던 『아정집(雅亭集)』의 「김은애전(金銀愛傳)」을 보고 옛일
을 생각하여 다시 모방해 이 전을 짓는다.

김은애는 강진(康津)의 양갓집 여자다. 나이는 열일곱으로
아름다우며 아직 시집가지 않았다. 이웃에 추악한 안 노파라는
자가 있었는데 본래 창기였다. 일찍이 은애의 어머니에게 돈
을 빌리려 하였으나 뜻대로 되지 않자 노하여 마을에 사는 동
자 최정련(崔正連)을 꾀어 "나는 네가 은애와 정을 통하였다고
거짓말할 테니, 너는 내 말대로 사실인 것처럼 하여라. 일이 성

사되면 나에게 약값을 넉넉히 주어 옴을 치료할 수 있도록 해주어야 한다"하니, 정련은 "좋소"하였다. 안 노파는 몰래 마을에 은애의 추문을 말하고 다녔다. 그러자 마을 사람들이 간혹 정련에게 그것에 대해 물으니, 정련은 "노파의 말과 같다"하였다. 마을 사람들은 안 노파가 거짓말을 잘하고 정련도 어리고 어리석다고 여겨, 어떤 사람은 믿고 어떤 사람은 믿지 않았다.

은애는 다행히 같은 마을 사람인 김양준(金養俊)에게 시집을 갔다. 그런데 노파가 또 저잣거리에서 큰 소리로 은애를 꾸짖어 "네가 정련을 배신하여 그가 내게 약값을 주지 않았으니 내 병이 심해진 것은 너 때문이다"하였다. 은애는 이전부터 분노를 참고 드러내지 않았는데 이에 이르러서는 너무 원통하고 한스러워 견딜 수가 없었다. 밤에 칼을 들고 재빨리 안 노파의 방으로 달려 들어가니, 노파가 막 옷을 벗고 누우려 하고 있었다. 은애는 등불 아래 서서 꾸짖기를 "음탕한 네가 도리어 남을 음탕하다고 무고하느냐? 내 너를 죽이고자 한 지 오래다"하였다. 노파는 섬약한 그녀를 가벼이 보고 "찌를 수 있으면 나를 찔러보아라"하자, 은애는 큰 소리로 "찌를 수 있다" 외치며 곧장 앞으로 나가 노파의 목을 찔러 죽였다. 또한 피 묻은 칼을 뽑아 정련의 집으로 달려갔는데 어머니가 길에서 만류하여 돌아오게 되었다.

옥사(獄事)가 성립되자, 은애를 잡아 치죄(治罪)하며 살인한 정황을 추궁하였다. 그녀는 모진 고통을 받으면서도 두려워하지 않고 "여염집 여인이 모욕을 받았는데 살아서 무엇하겠소? 제가 실로 직접 노파를 찔렀으니 마땅히 죽게 되리란 것을 알고 있습니다. 그러나 정련이 아직 살아 있으니 방(榜)을 걸고 그를 죽여 제 원통함을 풀어주신다면 저는 죽어도 한이 없습니다" 하였다.

옥사가 보고되자, 임금께서는 다음과 같이 말씀하셨다.

"김은애는 열녀다. 열국(列國, 춘추전국시대 제후국) 시대에 태어났더라면 마땅히 섭영(聶榮)[1]과 이름을 나란히 하였을 것이다. 옛날 해서(海西) 지방에 살인한 처녀가 있었으니 이 옥사와 비슷하였다. 선왕(先王, 영조)께서 속히 풀어주라 명하셨는데, 옥에서 나오자마자 중매인들이 다투어 모여들어 선비의 처가 되었다. 지금 은애를 사면하지 않는다면 선왕의 뜻을 이어 풍교를 수립했다고 말할 수 있겠는가?"

그리고 신여척(申汝倜)과 함께 모두 석방하라고 하였다.

신여척은 장흥(長興) 사람이다. 같은 마을에 사는 김순창(金順昌)은 아우 순남(順南)을 데려다 집을 지키게 하고 아내와

---

1 전국 시대의 자객 섭정(聶政)이 자기에게 은덕을 베푼 엄중자(嚴仲子)를 위해 그의 원수인 한(韓)나라 정승 협루(俠累)를 죽인 뒤에 스스로 자신의 낯가죽을 벗기고 배를 갈라 죽으니, 한나라에서는 현상금을 걸고 범인을 아는 사람을 찾았다. 섭정의 누이 섭영은 이 소식을 듣고 가서 "이는 내 동생 섭정이다. 나를 위해 얼굴을 훼손하여 알아볼 수 없게 하고 죽었는데, 내 어찌 죽음을 겁내어 훌륭한 동생의 이름을 묻히게 할 수 있겠는가?" 하고는 슬피 울며 섭정의 시체 곁에서 자살하였다고 한다.(『사기』 권86 「자객열전(刺客列傳)」)

들에서 김을 매었다. 집에 돌아온 아내가 보리를 되질해 두 되가 부족하자, 곧 헐뜯기를 "삼촌이 집에 있었는데 보리가 모자라는구려" 하였다. 순창이 순남을 꾸짖어 "네가 훔치지 않았으면 누구겠느냐?" 하였다. 한창 병을 앓고 있던 순남이 눈물을 흘리자, 순창이 말하기를 "훔친 놈이 어째서 우느냐?" 하며 절굿공이를 들어 머리를 치니, 순남은 정신을 잃고 까무러졌다.

이웃 사람들이 모두 순창에게 분노하였다. 전후담(田厚淡)이란 자가 가서 이 사실을 여척에게 말해주었다. 여척은 매우 분개하여 즉시 순창의 집으로 가서 그의 상투를 잡고 꾸짖기를 "네가 보리 두 되 때문에 병든 아우를 절굿공이로 쳤다는 말이냐? 짐승만도 못하구나. 속히 집을 헐고 다른 곳으로 가서 내 이웃을 더럽히지 마라" 하였다. 순창은 여척을 발로 차면서 "내가 내 아우를 치는데 네가 무슨 상관이란 말이냐?" 하였다. 여척은 노여워하며 "내가 의리로서 너를 꾸짖는데 네가 감히 발로 찬단 말이냐?" 하고, 마침내 순창을 발로 차서 죽였다.

임금께서는 "여척은 법관이 아닌데도 우애가 없는 죄를 꾸짖었으니 뜻이 크고 기개가 있다고 할 만하다. 은애의 안건과 함께 호남에 반포하여 권면하라" 하셨다.

외사씨(外史氏)는 말한다.

"풍속이 무너지면 절개가 있다는 명성이 비로소 드러나게 된다. 두 사람의 경우 절개가 있다고 하지 않을 수 있겠는가? 김은애는 안 노파를 죽여 음란한 자들을 가르쳐 경계하였고,

신여척은 김순창을 죽여 우애 없는 자들을 두렵게 하였다. 그러나 두 사람이 성군(聖君)을 만나지 못했다면 오래전에 형틀에서 죽었을 것이다. 예부터 두 사람과 같은 이가 많았지만 유사(有司, 담당 관원)는 그저 법을 집행하여 죽였으니, 저들이 어찌 벗어날 수 있었겠는가? 선비가 태평성대에 태어나는 것 또한 다행이 아닌가?"

1789년(정조 13) 전라도 강진에서 일어난 옥사를 배경으로 한 글이다. 정조는 당시 이 사건을 심리하여 판결한 뒤 성해응에게 사건의 전말을 기사화하도록 명하였다. 그로부터 30년이 지나 성해응은 이 작품을 쓴 것이다. 먼저 저술 동기를 밝히고 김은애 사건과 신여척 옥사를 차례로 서술한 뒤 논평으로 마무리하였다.

이 글은 약하고 나이 어린 여자가 직접 복수할 수밖에 없었던 상황과 과정을 자세하게 묘사하여 독자들이 그녀의 분노와 복수에 공감하도록 하였다. 스토리가 흥미진진하며 주제의식이 잘 부각된 만큼 서사와 형상화가 모두 뛰어난 작품이다.

계모에게 맞아 죽은 장 처녀

—

書淸安張處女獄事

나는 『귀진천집(歸震川集)』의 「기안정장정녀사사(記安亭張貞女死事)」를 읽었다. 진천(귀유광)은 실로 풍속의 교화에 뜻을 두어, 장 정녀가 음란한 시어머니에게 죽음당한 것을 깊이 통탄하여 모의한 자취와 손쓴 정황을 자세히 적었다. 도적의 우두머리가 뇌물을 써서 죄를 면하게 될까 두려워하여 수백 자의 글로 논변하니, 성난 기운이 종이와 먹에 넘쳐났다. 무릇 인륜이 무너져 정렬(貞烈)을 스스로 지키지 못하게 된 것이 오래되었다. 진천이 고심하기는 했지만 갓끈만 매고서라도 구제하지 않을 수 있었겠는가?[1]

내가 음성현(陰城縣)에 있을 때 장 처녀의 옥사를 다스린 적이 있다. 그 정렬은 비록 안정의 정녀와 비교하기에 부족하나 죄 없이 억울하게 죽은 것은 마찬가지다. 근래에 정서상 참혹하고 절박한 옥사는 위로 조정에 알리려 하지 않고 급히 장살하여 자취를 없애곤 한다. 나는 힘껏 그 사건을 해결하여 음란

---

1 『맹자』「이루(離婁)」하(下)에 "한집안 사람이 싸울 경우에는 머리를 풀어 헤친 채 갓끈만 매고서 달려가 구원하더라도 괜찮다"라 하여, 체면 불고하고 달려가 급한 처지에 있는 사람을 구하는 것을 이른다.

한 두 사람의 머리를 베고 조리돌리면서 사방 이웃에게 그들의 추악함을 자세히 듣게 하여 음란하고 추잡한 사람들을 징계하고 두렵게 하지 못했다. 그저 현의 관아에서 매를 쳐 죽인 것이 한스럽다.

만일 진천이 나와 같은 직분을 맡았다면 반드시 죽여서 목을 베고 사지를 찢어 사람의 마음을 통쾌하게 만들며, 조용히 상급 관청의 뜻을 따르지는 않았을 것이다. 이에 나는 진천에게 많이 부끄럽다. 그러나 실제로 나는 힘이 부족했다.

장 처녀는 청안현(淸安縣)의 토착 양반이다. 어머니 모(某)씨가 처녀를 낳고 죽자 아버지는 다시 서구(徐嫗)와 혼인하였다. 서구도 양반가의 자손으로 인척 중에는 이름이 알려진 자가 있었다. 얼마 지나지 않아 그녀의 남편 또한 죽었다. 서구는 평소 음란하고 교활하였으며 과부로 산 지 이미 오래였다. 이웃에 장인협(張仁浹)이라는 자가 있었다. 남편의 사촌 형제로 진사에 합격하였으며 나이가 젊고 건장하였다. 서구는 그와 인연을 만들고 싶었지만 방법이 없어 병을 핑계 삼아 방 안에서 이불 덮고 누워 있었다. 인협은 "사촌 형수께서 병이 났는데 집에 주인이 없으니 지친(至親)인 내가 간호하지 않을 수 있겠습니까?" 하고는 약을 가지고 왕래하는데 어두워지기를 기다리지 않았다. 마침내 서구와 사사로이 정을 통하고 정분이 각별해졌다.

장 처녀는 그때 열대여섯 살로 평소 몸가짐이 정결하였다.

여러 차례 그들의 음란하고 추악한 모습을 목격하고 매우 분개하여 때로 여종들과 말을 하긴 했으나, 어려서 부모를 잃고 의지할 곳이 없는데 계모의 행실이 이와 같음을 스스로 상심하여 부끄럽고 한스러운 마음에 슬피 울었다.

서구는 인협과 오직 실컷 즐길 것만 생각하였으며, 감히 이 일을 발설하는 종은 없었다. 장 씨의 친척들이 마을에 퍼져 있었으나 모두 어리석어 재물로 그들의 입을 막으면 염려할 것이 없었다. 다만 같이 사는 처녀가 강직하여 영합하지 않으니 일찌감치 죽여서 화를 막는 것이 낫겠다고 생각하였다. 그렇게 되면 집에 아무도 없어 거리낌 없이 마음껏 즐길 수 있게 될 터였다. 그래서 인협과 모의하여 처녀를 방에 가두고 음식을 끊어버린 지 이틀이 되었다.

배고픔을 견디지 못한 처녀는 한밤중에 창을 뚫고 도망쳐 나왔다. 집 뒤에 있는 작은 언덕에 올라가 바라보니 때는 바야흐로 어둡고 몹시 깜깜하였다. 10리 밖에 등불이 있는 것을 멀리서 보고 가시나무로 험한 비탈길을 따라가니, 곧 장안현의 하인 집이었다. 그의 어미는 늙어 잠이 없었는데 문밖에서 누군가 "사람 살려요"라고 외치는 소리를 들었으나 소리는 이어지지 않았다. 나가보니 현 남쪽의 장 처녀임을 알고는 급히 미음을 먹여 구해주었다. 처녀가 숨겨달라고 부탁하자, 노파는 해진 이불을 가져다 두터이 덮어 그녀의 몸을 가려주었다.

이윽고 장인협이 인척들과 함께 횃불을 들고 사방으로 나가 처녀의 자취를 찾았다. 하인의 집에 이르러 이웃 노파에게서 그녀가 있는 곳을 자세히 알게 되었다. 곧장 문 앞으로 가서 나오라 독촉하는데 그 모습이 흉악하였다. 장차 죽게 될 것을 안 처녀는 매우 두려워 즉각 나가지 않았다. 그러자 인협이 일행 중 한 소년에게 소리쳐 양과 돼지처럼 그녀를 끌고 나와 짊어지게 하고 집으로 왔다. 인협은 서구와 마루 위에 앉아서 나무라기를 "처녀가 밤중에 몰래 달아나 음란한 짓을 하려 하였으니 가문의 큰 치욕이다. 너는 죽어야 마땅하다" 하였다. 그리고 서구와 함께 처녀를 방 안으로 끌고 들어가 그녀의 머리를 젖히고 소금물을 들이부었다. 두 여종에게 처녀의 손과 발을 꽉 잡게 하였다. 몸을 뒤집어 토해내지 못하도록 하기 위해서였다.

처녀가 순탄하게 바로 죽지 않자, 인협이 "네가 다시 살아날 수 있겠느냐?" 꾸짖더니 목침을 들어 그녀의 이마를 향해 힘껏 내리쳤다. 피가 흘러 얼굴에 뒤덮인 뒤에야 처녀는 죽었다. 그들은 즉시 시신을 관에 넣어 서둘러 묻고는 처녀가 병으로 죽었다고 말하였다. 그 인척들이 비록 이것을 숨겼지만, 이웃 마을에는 처녀가 억울하게 죽었다는 소문이 흉흉하였다. 그러나 인협은 서구와 태연히 개의치 않으면서 "우리를 어찌할 수 없을 것이다" 하고, 마음껏 음란한 짓을 저지르니 일이 발각되지 않을 수 없었다.

관아 가까이 살았던 나는 그 옥사를 심리하고 처녀의 시신을 검시하였다. 마치 살아 있는 듯한 그녀의 얼굴은 섬약하면서도 군세어 보였다. 이마의 뿔처럼 솟은 곳엔 구멍이 났는데 인협이 목침을 내리친 자국이었다. 가슴에는 손톱으로 할퀸 흔적이 있었다. 곧 소금물을 마시고 죽은 자가 그러하였다. 옥사가 성립되자, 감사(監司)는 인협과 서구를 장살하려 하였다. 서구는 거의 죽을 지경이었는데도 인협에게 곁눈질하고 애틋한 정을 이기지 못하는 듯하였으니, 그 음탕함이 이와 같았다.

나는 처녀의 죽음을 불쌍히 여겼지만 그녀가 도망쳐 나온 뜻을 알 수 없다. 서구의 악행을 드러내기 위해서인가? 그러나 서구는 처녀 아버지와의 관계가 끝났다. 처녀는 아버지가 이미 죽었으니 그의 명령을 받은 바도 없다. 그렇다면 한때 살기를 도모해서인가? 한밤중에 갑작스러운 일을 당했지만 참으로 송(宋)나라 백희(伯姬)의 의리²에 부끄러움이 있구나. 처녀는 죽었어야만 했다. 그 형세가 그렇지 않을 수 없었다. 애석하다! 시골에서 나고 자라 옛사람들이 변고에 대처한 의리를 듣지 못해서인가? 가령 처녀가 조용히 죽었더라면 실로 의리를 얻었을 것이다.

---

2 송나라 백희는 춘추시대 노(魯)나라 선공(宣公)의 딸로서 송나라 공공(恭公)에게 시집 갔다. 공공이 죽은 뒤 혼자 살 때 집에 불이 났는데, 부인은 홀로 밤에 나가지 않는 것이라 하여 그대로 타 죽었다고 한다.

명나라 문인 귀유광(歸有光)의 「안정 장 정녀가 죽은 일을 기록하다(記安亭張貞女死事)」에 영향을 받아 쓴 글이다. 귀유광은 장 정녀가 억울하게 죽자 악질적인 토호가 횡포를 부리고 관리들이 부정부패를 자행하는 현실을 폭로하였다.

성해응은 음성 현감으로 재임 중 이와 비슷한 사건이 발생하자 청안현 장 처녀가 죽게 되는 과정을 밀착 추적하였다. 장 처녀의 계모 서구는 죽은 남편의 사촌인 장인협과 정을 통한 뒤 이를 은폐하기 위해 장 처녀를 가두고 죽이려 하였다. 장인협이 도망친 그녀를 잡아와 소금을 먹이고 목침으로 내리쳐 죽이는 과정이 처참하게 그려져 있다.

그런데 성해응은 장 처녀가 처음 감금당했을 때 자결하지 않고 도망친 사실을 꾸짖으며 문제삼았다. 열녀를 취재하면서도 열녀로서의 삶을 온전하게 구현하지 못한 것을 질책한 것이다. 열(烈)에 대한 보수적인 시각을 확인할 수 있다. 이 작품은 인물 묘사가 뛰어나다. 특히 곧 장살당할 처지에도 욕정을 주체하지 못하는 서구는 음탕한 악녀로서의 캐릭터가 생동하게 잘 구현되었다.

아버지의 원수를 갚은 강상 효녀

—

江上孝女傳

강상(江上) 효녀는 누구의 자식인지 모른다. 판서(判書) 고 (故) 정재희(鄭載禧)의 집이 동작강가에 있었다. 겨울에 한 어린아이가 음식을 구걸하러 왔는데 나이는 열두세 살쯤 되었고 외모가 매우 예뻤다. 한 아이가 따라왔다. 나이는 한두 살 많았으며 역시 가냘프고 예쁘장했다. 가족을 물어보니, 아이는 "아버지는 남쪽 지방으로 달아난 노비를 잡아 장사꾼과 돌아오다가, 짐을 탐낸 장사꾼이 아버지를 길에서 죽였습니다. 저는 의지할 곳이 없어 여기에 오게 된 것입니다" 하였다.

정재희는 아이들을 불쌍히 여겨 저물녘 문간방에 묵도록 하였다. 벽을 사이에 두고 한 노파가 잠 못 이루고 있다가 두 아이의 소곤대는 소리를 들었다. 숨죽여 가만히 들으니, 나지막이 목메어 우는 소리가 들렸다. 이어 한 아이가 몰래 나갔다가 잠시 후 돌아와서 "어디에 있는지 알아냈어. 놈이 방금 승방점 (僧房店)의 몇 번째 방에 묵었어" 하니, 큰아이가 목이 꽉 막혀 "3년 동안 절치부심하여 이제야 비로소 만나게 되었구나" 하였다. 작은아이가 "언니는 울고만 있을 거야? 날이 새려 하니 조금만 늦으면 또 놓치게 될 거야" 하였다. 곧바로 사각사각

짐 싸는 소리가 나면서 조용히 문을 열고 나가 곧 자취를 감췄다. 이때 달이 대낮처럼 밝았다. 노파는 머리털이 곤두섰으나 나이가 들어 노둔하였고 두려워 감히 뒤쫓지 못했다.

이윽고 날이 밝았다. 승방점에서 어떤 사람이 보부상을 죽이고 달아났으며, 가슴에 깊이 꽂힌 칼이 빠지지 않았다는 소식이 들렸다. 그길로 노파는 정재희에게 고했다. 정재희는 크게 놀라 한참 동안 한숨을 쉬면서 "가냘프고 예쁘장한 여자 아이가 한 짓이라지?" 하고, 만나는 사람마다 이야기했지만 끝내 간 곳을 알지 못하였다.

찬(贊)하여 말한다.

"살인한 자를 용서하지 않는 것은 삼대(三代)[1]가 같다. 성인은 후세에 법을 집행하는 자가 혹시라도 분명하게 실행하지 않아 원한을 풀지 못하는 사람이 있을까 염려하여 복수의 의리를 논하며 자식이 변고에 대처하는 도리를 다하게 하였다. 가령 고요(皐陶)[2]가 판관이 되었다면 어찌 이런 일이 있었겠는가? 강상 효녀가 아버지를 해친 장사꾼을 관에 고하여 법으로 죽여야 함을 몰랐겠는가? 저들은 유사(有司)가 도적을 밝히지 못해 자신의 원한을 풀지 못할까 두려워 마침내 직접 죽인 것이니 참으로 매섭구나."

---

1   고대 중국의 태평시대였던 하(夏)·은(殷)·주(周)나라를 말한다.
2   순(舜)임금 때의 옥관(獄官)으로 법리(法理)에 밝아서 형벌을 제정하였다.

짧은 편폭 안에 이야기가 집약적으로 서술되어 있다. 자매의 대화를 통해 오랫동안 찾아 헤매던 아버지의 원수를 발견하고 죽이려던 순간의 긴박한 상황이 잘 포착되었다. 성해응은 어리고 약한 여자이지만 아버지를 죽인 원수를 찾아 칼로 찔러 죽인 강상 효녀의 효를 특기하였다. 그리고 그녀들이 법에 호소하지 않고 직접 복수할 수밖에 없었던 상황에 대하여 비판한다. 당대 법 집행의 부실함과 이를 주관하는 관료들의 부정부패를 정면으로 논박한 작품이다.

영천 박 열부와 충복 만석

—

書榮川朴烈婦事

열부(烈婦) 박(朴) 씨는 영천(榮川) 사람으로 같은 마을 민(閔) 씨의 아들에게 시집갔는데, 얼마 있지 않아 민 씨의 아들이 죽었다. 박 씨는 그 사촌형의 아들을 데려다 자식으로 삼았다. 시부모가 늙고 매우 가난한데 봉양할 수 없자 방아 찧는 품팔이를 하여 아침저녁으로 공양하였다.

이웃에 사는 김조술(金祖述)이라는 자가 집은 부유하였으나 무뢰하여, 젊은 박 씨가 혼자 사는 것을 보고 유혹하려 하였다. 한번은 방아 찧는 그녀를 향해 오줌을 누니 이웃 아낙들이 깜짝 놀라 급히 함께 가려준 일이 있었다. 그러나 취중의 일이라 해서 발설하지 않았다.

박 씨의 시아버지가 갈 곳이 있었는데 날씨가 매우 추워 조술에게 남바위를 빌리려 하자, 조술이 즉시 허락하였다. 그가 돌아오려면 며칠 걸릴 것을 계산한 것이었다. 이날 밤 조술은 박 씨의 집으로 가서 몰래 엿보았다. 시어머니가 문밖에서 개 짖는 소리를 듣고 박 씨에게 "네 시아버지가 출타하여 바깥 행랑이 비었는데, 집에 있는 송아지를 도둑이 훔쳐갈까 두렵구나. 나가 살펴보아라" 하였다. 박 씨가 나가보니 바깥 행랑이 과연 열려 있었다. 바로 잠그고 들어오려는데, 조술이 밖에서 문을 흔들면서 열려고 하였다. 박 씨가 겁을 먹고 "누구시오?" 물으니, 조술이 "그대는 내 목소리를 모르겠소? 어찌 그리 알아차리지 못하는 거요. 빨리 문을 여시오" 하였다. 박 씨는 성내며 꾸짖고는 통곡하면서 방으로 들어왔다. 그리고 시아버지가 돌아오기를 기다렸다가 사실대로 아뢰었다.

시아버지는 나이가 많은 데다 장성한 아들을 잃어 마음이 늘 즐겁지 않았다. 곧 노여워하며 작두를 뽑아 들고 조술의 집에 가서 소란을 피웠으나, 이웃 사람들이 말려서 돌아왔다. 매우 분통이 터져 관에 가서 호소하였다. 관에서는 바로 건장한 종을 보내어 조술을 잡아 가두고 엄정하게 조사하려 하였다. 조술은 뇌물로 아전들과 결탁하여 자기편으로 만들고는 이내 "박 씨는 음란한 짓을 잘하여 이미 다른 사람과 사통을 많이 하였고 아이를 밴 것이 여러 번이며 지금도 배가 불러 있소. 전에 나 또한 그녀와 정을 통하였고 그날 밤 가서 다시 뀐 것인데, 음란한 부인을 유인함이 무슨 죄가 있는가?" 하였다. 그 말이 마침내 불어나 군수까지 듣게 되어 조술은 바로 풀려났다. 박 씨는 그자가 무사히 석방된 것을 보고 몹시 분하여 시아버지와 함께 다시 가서 호소하였다. 군수가 "나는 아노라. 조술이 어찌 이유 없이 네 집을 두드렸겠느냐?" 하며 그녀를 내쫓았다.

박 씨는 마침내 집으로 돌아와 시집올 때 가지고 온 물건과 다리[1] 약간과 검푸른 무명 치마를 꺼내어 사촌 동서를 불러서

"아이가 성장하여 장가갈 때까지 기다렸다가 주려 했는데, 이제 곧 죽게 되었으니 형님께 드립니다. 훗날 내 뜻을 전해주세요" 하였다.

박 씨의 집은 관아와 10리쯤 떨어져 있었다. 그녀는 시아버지가 저자에 간 틈을 타 곧장 얼굴을 드러낸 채 관아로 가서 "군수께서도 어머니가 계시고 아내가 있으니 마땅히 아이 밴 모습을 아시겠지요. 아이를 밴 것이 이와 같소?" 하였다. 잠방이를 풀어 배를 펼쳐 보이고 또한 젖을 살펴보게도 했다. 군수는 구부려 보고는 웃더니 박 씨가 거짓말을 하는 것이라 여겼다.

박 씨는 관청의 빈집에 가서 새끼줄로 목을 팽팽하게 네다섯 번 감은 후 작은 칼로 자기 목을 찔렀다. 관비들이 가엾게 여겨 앞다퉈 줄을 풀었다. 군(郡)에서 여자가 자결했다는 소식을 들은 시아버지는 며느리인가 염려되어 가보니 이미 죽어 있었다. 그리고 즉시 군수에게 며느리가 억울하게 죽은 상황을 드러내주기를 애걸하였다. 군수는 본래 박 씨를 음부라 여겼기에 부끄러워 자결한 것이라 생각하고 들어주지 않았다.

조술이 사람들을 모아놓고 "나는 박 씨가 비상을 구하였기 때문에 사서 준 것이다" 하고, 또한 "아무개가 비상을 구입하여 박 씨에게 줄 때 내가 자세히 보았다" 하니, 박 씨의 추악한

---

1   여자들의 머리숱이 많아 보이라고 덧넣었던 딴머리를 말한다.

소문은 더욱 떠들썩하게 퍼졌다. 시아버지가 순찰사(巡察使)에게 자세한 사정을 호소하니, 순찰사가 사관(查官) 등에게 명하여 사건을 다시 조사하라 하였다. 그런데 사관 등이 또한 군수의 말대로 정상을 갖추어 감영에 보고하였다. 조술은 다시 무사히 풀려났다. 온 마을 사람들이 모두 박 씨의 억울함을 원통해하였다. 그런데 조술에게 뇌물을 받은 자만은 때때로 박 씨가 음란하였다 말하여 사실로 만들고 조술은 죄가 없다고 하였다.

박 씨의 종 만석(萬石)은 조술의 여종 남편으로 아들 하나를 낳았다. 만석이 매우 분개하여 아내에게 "내 장차 주인의 원수를 갚으리라. 너는 원수의 종이다. 내 어찌 차마 원수 집 종의 남편이 되겠느냐? 나는 너와 끝낼 것이니 속히 떠나거라" 하였다. 신사년(1821) 8월에 주인의 억울함을 필로(蹕路)[2]에서 호소하니, 사건은 형조로 하달되었다. 형조에서 해당 도에 다시 조사하라 청하자, 경상도에서는 청도 군수와 다른 지방 군수에게 사건을 조사하라 명하였다.

사관이 관아에 도착했을 때 관 하나가 밖에 놓여 있었다. 바로 박 씨의 시신이었다. 박 씨는 신사년 2월에 죽었는데 7개월이 지나도록 시신이 살아 있는 것 같았다고 한다. 이때에 이르러 박 씨가 약을 먹고 죽었다고 말한 자를 체포하여 조사하자,

---

2   왕의 거동 때 어가(御駕)가 지나가는 길이다.

조술에게 꾀인 상황을 자세하게 말하였다. 또 증언한 자들을 잡아 추궁하니 그와 같았다. 조술을 심문하였다. 그 또한 자복하여 박 씨의 원통함이 마침내 분명히 밝혀졌다.

순찰사가 조정에 자세히 아뢰었다. 형조에서는 군수가 박 씨의 옥사를 잘못 판결하였기 때문에 조술의 죄를 물어야 한다고 하였다. 그러나 박 씨는 실제 자살한 것으로 조술이 죽인 것은 아니니 그의 목숨을 뺏을 수 없다고 하여, 마침내 조술을 먼 변방으로 유배 보냈다. 만석은 조술이 죽지 않은 것을 통탄하여 다시 자세한 사정을 필로에서 호소하였다. 형조 판서가 마침 조술의 죄를 알아 체포하여 죽일 것을 청하였다. 임금께서 허락하여 조술은 이제 죽게 되었다.

청도 군수는 곧 치규(稚奎) 김기서(金箕書)다. 치규가 박 씨의 원통함을 밝혀내었는데, 이에 앞서 사건을 조사했던 자들은 모두 그의 친구였다. 친구들은 치규가 자신들의 말을 따르지 않았다며 모두 화를 냈다. 그 후 비방하는 말이 크게 일어나 치규가 죽을 때까지 그치지 않았다.

대체로 이 옥사는 명백하여 쉽게 알 수 있는 것이다. 박 씨가 가령 음란한 부인이었다면, 그 시집 식구들이 마땅히 배척하고 관계를 끊었을 것이다. 무엇 때문에 그녀의 원통함에 분노할 것인가? 또한 만약 약을 먹고 죽었다면 그 흔적이 스스로 찌른 것과는 매우 다를 것인데, 군수는 어찌 다시 한 번 보지 않았는가? 군수가 혹 사건을 유기하였더라도 사관 등은 왜 조사해

보지 않았는가? 이는 바로 뇌물의 힘인 것이다. 명백하여 알기 쉬운 것도 이처럼 흐리멍덩한데 애매하고 궁구하기 어려운 일은 어떻게 그 원통함을 밝힐 수 있겠는가? 사건을 밝혀낸 자가 있는데 또 이어서 비방하는 이유는 무엇인가?

그러나 원통함은 반드시 밝혀지고 죄는 반드시 합당한 벌을 받게 된다. 박 씨의 억울함이 마침내 밝혀지고 조술이 끝내 처형당한 것을 보면 알 수 있다. 이리저리 거짓으로 속이려 해보았자 무슨 도움이 되겠는가? 다만 군수 된 자는 이 일을 거울삼아 아랫사람의 농간에 빠지지 않아야 할 것이다.

억울하게 죽은 영천의 박 열부에 대한 송사 사건을 소재로 한 기사다. 박 열부가 자신의 결백을 밝히기 위해 군수 앞에서 옷섶을 풀어헤쳐 가슴을 보이고 스스로 목숨을 끊는 과정이 생생하게 묘사되어 있다. 상당히 파격적이지만 이런 결행을 하지 않고서는 원통함을 해결할 수 없는 상황이다. 김조술이 관리들을 매수하여 법망에서 벗어나는 장면, 아내와 결별하면서까지 주인의 원통한 죽음을 밝히려는 노복 만석 등의 모습이 몇 번의 전환을 통해 극적으로 재현되어 있는 만큼 구성이 뛰어난 작품이다. 이 사건은 당시 영천을 비롯해 전국적으로 비상한 관심을 불러일으켰으며, 조정에서도 사관(査官)을 파견하여 조사할 정도로 커다란 사회적 이슈가 되었다.

이 글의 핵심은 논평 부분이다. 박 열부 송사 사건은 사안이 분명하여 쉽게 해결될 수 있는 것이었다. 그런데 피의자로부터 뇌물을 받은 하급 관리의 거짓말과 눈가림, 이에 속은 군수의 어리석음, 재수사의 명을 받았음에도 직접 조사하지 않고 엉터리 장계를 올린 사관들의 일처리 방식, 엄정하게 조사하여 사건을 해결한 동료 따돌리기 등 온갖 부정과 부패로 해결이 어려웠던 것이다. 지위 고하를 막론하고 형을 집행하는 관리들의 무능함과 부패의 실상을 적나라하게 폭로한 성해응의 냉철한 통찰과 이를 풀어내는 논리가 명쾌하다.

원문

제1부 떠난 이들에 대한 기억

李時和哀辭 담박하고 깊은 우정

| 번역문 25면 |

余少而拙樸, 不敢求友於人, 而人亦少友余者, 友豈徒然乎哉? 凡友也者, 不必握手吐情好, 傾倒輸瀉, 如膠漆之合者也. 要之澹然而無怍, 冲然而相合, 有善則喜, 有過則規, 親而不加之狎, 遠而不以之疎者, 可謂之友矣. 斯道也, 吾求之於世好中, 如淨墅李子時和是已.

昔我先王考讀書懷道, 不見知于人, 而嘗客于松巖李公之宅, 因以盡識其黨內諸公, 最爲翁齋公所知. 相與之深, 世世無斁, 及子之身四世矣, 各以所受於家庭者, 待之而不懈, 所以若是之篤也.

記余二十年前遊宦湖中, 謁海陽羅公於黃溪之上, 入犁湖, 訪竹下金稚奎, 復取道錦上, 候子之尊公於晶峯之下, 退而與子從容談笑. 是時, 羅公儼然在坐, 景先兄弟皆侍側, 怡愉如也. 余屢從竹下而詣之, 側聽緖言, 皆足以消鄙吝而去禍隘. 有時觴詠相屬, 風流文采, 輝映湖海.

又從公兩世, 討論經史, 考校典籍, 覺其淹博不可及, 而高風逸軌, 尤難追也.

諸子孫誦讀, 洋洋滿耳, 竹石花木池沼邱園, 位置皆可意, 輒徘徊不能去. 古之衡門泌水之樂, 無以踰此.

自幸菲薄, 不爲君子所棄, 得以厠從游之列者, 以先誼之故也. 是故, 每良辰美景, 意至輒往, 其淸泉茂林之中, 屢與上下追逐. 竊以爲斯樂也, 不徒平生之舊, 朋友之恩, 而以其善之及人也. 凡世所稱勢利末事, 不得以撓其中, 而眞意爛然相照.

然聚散盛衰, 理之不能無者也. 自余在湖, 已哭海陽公於館, 而景先之沒, 亦已十許歲矣. 竹下又塌於西原者, 且二年, 而今又哭子. 其間幾何, 而君子凋落淪喪如此, 不亦可哀乎?

子爲人淸修豈弟, 復刻苦于進修之業. 家世好著書, 故其排纂編摩者, 已褒然, 而取裁必精, 皆可傳也. 蓋其少也, 有當世之志, 而中歲以後, 蹭蹬不逐, 遂以歾, 抑命矣. 尊公平善在堂, 子之目其瞑矣哉?

先君子嘗有湖右志感之詩, 一夢公·松巖公·坏窩公·海陽公, 皆有屬, 而竹下·景先與子, 並克紹家業者也. 今雖摧挫沮抑, 罹于閔匈, 終有望於後承之振發. 獨松巖之嗣屢絶, 悲夫. 辭曰:

"吁嗟乎! 時和, 質厚而才良. 然天之所俾者, 不于豊而于涼, 不于禔而于殃. 善人之不獲佑, 何待今而始詳哉? 然則天之所佑者果何人, 而乃反使之樂且康哉?"

殤女墓誌 내 딸 증만

| 번역문 30면 |

研經室主人季女曰曾萬, 以戊午十一月十八日生. 先府君名之曰萬, 所以祝其壽也. 女貌豊性和, 凝重寡言笑, 若可以壽, 以壬戌十二月二十日患痘而夭. 其母方孕夢月, 而月隨虧, 女又乳訖輒背母而卧, 皆不祥之兆也.

余在金井之館, 適詣錦上按使, 具酒肉爲歲暮之歡. 而女以是時死于家, 家人悲泣慘惻, 哀樂之際, 何其漠然也? 斐以柳簀, 埋于抱川縣南冶洞之原, 距先姑上殤之墓不遠.

昔莊生有言曰: "莫壽乎殤子, 莫夭於彭祖." 此說誠不倫. 然以天地之悠久見之, 彭祖不足爲壽, 知彭祖之不足爲壽, 則殤子之夭, 不足爲夭. 蓋脩短悠悠, 何足論也? 是爲誌.

祭亡室文 아내의 방

| 번역문 32면 |

淑人之歿, 二十二日而月已改矣. 其夫成海應, 返自竹谷, 病猶未痊, 未能一慟而寫此悲苦之情, 使從子祐曾哭之曰:

"此夫人六十歲周甲之月也, 使夫人在者, 掇菊爲酒, 穫稻爲餠, 與子孫宗族醉飽爲娛, 而今乃其此, 哭之于靈筵, 寧不悲哉?

夫人之美行, 吾將銘之墓矣. 蓋其少也, 有桃夭宜家之樂, 而燕安之戒常存乎心, 故吾得以淸健少病. 及其壯也, 有中饋貞吉之美, 而細瑣之政, 不形於言, 故吾得以安意讀書. 及其老也, 有縞衣綦巾之娛, 而淸寒之色, 常若自得, 故吾得以樂而忘憂. 此皆夫人之美行而加於人者.

吾別有所感, 夫人之初入門也, 先府君先夫人春秋未高, 門戶方盛, 見夫人之儀容者, 皆曰: "婦也, 可以持其福." 旣而先夫人屬以家政, 夫人雖以絲毫升斗之微, 不敢自專, 必告而行之.

先府君好賓客, 會必有酒肉, 夫人輒樂爲之具, 雖家貧不能辦, 必東西方便, 使會者盡娛. 先夫人旣沒, 先府君孤居無聊, 夫人事之, 務得其歡. 凡疾痛痾癢之際, 不啻如弱女也, 先府君見夫人, 未嘗不樂. 吾以是知其孝而義.

吾性素急, 夫人常戒以和緩. 在陰城任所, 聞刑杖之聲太猛, 輒惻然曰: "無乘怒而決罪也." 婢指之屬, 或傳外言, 輒折之, 慮其干囑之入也. 官居數年, 輒思返曰: "淸貧吾本分, 官享寧可久飽?" 遂奉先府君還詣都下舊第. 吾以是知其廉而介.

夫人旣盡養親之道, 則推以至於奉先, 可知也. 又盡內助之義, 則推以至於範家, 可知也. 如此良耦, 今已失之, 寧不悲哉?

前年之冬, 吾疾甚, 夫人强疾自力於藥餌, 觸寒而不止. 今年夏, 余又病, 夫人疾劇而猶視饌具. 今吾疾少減而入室, 夫人已逝矣. 觸目陳迹, 撫念平生, 只增悲咽. 言有盡而哀無窮. 靈或鑑玆."

羅君攸哀辭 덕에 비해 지위가 낮았던 나덕야

| 번역문 36면 |

海陽羅公, 父友也. 海應少嘗從之, 屢承緖論, 開發蒙蔽, 仍得與景先·君攸及其從父兄國仁世野遊. 國仁月村公之子也, 月村公早世, 而其文章超詣, 談論磊落. 每因海陽公得聞其一二, 而恨余未及見也.

景先爲人, 端秀整飭, 不以稜角示人, 發言皆有中, 與人交終始不渝. 君攸奇偉魁梧, 見人齷齪, 幾不與之同席, 酒後談笑淋漓, 顚倒無餘, 常有古人風節. 國仁又踈忽悠泛, 不以生事爲念, 惟好文詞, 雖落拓不遇, 常夷然也. 三子所爲不同, 皆不愧羅氏家風.

余於乙巳夏, 從芝溪宋公, 詣海陽公于漳州任所, 公以公事往澄波江上未還. 景先兄弟未冠, 而輒爲之主, 具飯相待. 及公歸競相趂走于前, 有鹿門炊黍之風. 後十八年, 余遊宦湖中, 又與國仁益相得驩甚.

夫古之友道, 或切切而偲, 或闇闇而和, 或密而不狎, 或踈而不遺, 澹而無遠, 篤而無拘, 是道也, 自謂互相勉戒, 不甚隳也.

已而海陽公下世, 又九年而國仁沒, 又五年而景先沒, 又五年君攸沒矣, 何其忽忽也? 疇昔從遊之盛, 余旣誌景先之墓矣. 盛則必衰, 亦理之常也, 又何憾哉? 第天道福善而禍淫, 聖人栽培而傾覆. 竊嘗考君攸之世, 自鷗浦公以來, 文章經術, 重於當時, 而海陽公淸德高節, 尤俊偉, 宜傳于百世, 可謂積善之家. 然而常窮寒貧困, 而雖祿于朝, 位不稱德, 宜爲天人之所晤者也.

嗟夫履天道之所當福, 而反獲其禍, 取聖人之所當培, 而反就其覆者, 何哉? 細究乎天人之際, 夫福善禍淫之說, 特擧其大畧, 而其與奪之機, 深奧精微, 不可一槩也. 又其栽培傾覆之訓, 雖不可誣, 聖人不復作, 而凡人不考其善不善, 惟視力之強弱而扶抑之, 苟非識深而義明者, 不可與此. 是故志士多重名而輕福, 不論其報施之乖.

昔孔子曰: "君子疾沒世而名不稱焉." 又曰: "君子去仁, 惡乎成名?" 如太史公之傳伯夷, 亦以砥行立名之論終之, 名之所重也如此. 然巖穴之往往湮沒者, 又無如之何矣. 此余所以悲君攸之世, 而不得不有望于當世之君子, 俾不湮沒云. 辭曰:

"人之所冀者壽, 而壽亦有限, 則脩短不須叩也. 人之所喜者富, 而富不可長, 則豐歉不須究也. 君攷旣夭而貧矣, 苟能鋪張羅氏之世德, 而使君攷附而傳, 則斯可以不負君攷者乎."

李奉杲哀辭 이덕무 삼대(三代)에게 곡하다

| 번역문 41면 |

李奉杲以當宁丁丑之冬某月某日暴卒, 壽纔五十三歲, 噫其不壽也.

記余戊申春, 見奉杲於太廟西巷之第. 于時, 靑莊公爲積城縣監, 趁其尊公生朝, 具酒食絲竹爲娛. 海應侍先君子往賀之, 座上皆當時名士, 篆籀書畫, 徹夜相屬. 而奉杲方韶婉英妙, 承事左右, 色夷而氣愉, 門戶和洽, 爲人所羨慕.

余以是歲夏, 與懋賞俱通籍內閣, 而又移家卜隣以居, 常晨夕相過從. 懋賞, 奉杲之叔父也. 時內閣考課甚嚴, 有職任者, 不得在家. 而靑莊公及柳泠齋·朴楚亭, 皆僚也, 由是得日與之相對, 往往無所事, 輒上下經傳子史, 以及遠方異聞, 談笑以爲樂. 又入內苑, 得與花釣之宴, 比近臣. 間以詩文詞賦應制及考校編摩文字之役, 亦與之爛漫. 若是者五年, 上荷君上之榮, 下得寮寀之驩. 余誠不材, 顧何以得此, 而有以自幸者存.

旣而哭靑莊公及其尊公. 又三年, 上特除奉杲職, 以繼靑莊公, 復周旋于內閣, 然朋僚之聚合不定, 不如曩時之盛. 而庚申抱弓劒之慟, 楚亭得罪, 竄北邊之鍾城, 旋獲宥而歸以沒, 泠齋亦落拓得疾以沒. 余又衰且病, 每循省故事, 只自凄感而已. 今又哭奉杲, 俯仰三十年中, 已哭君三世, 而其他悲歡哀樂豊悴之故, 紛然百端, 盛衰之理固如此, 悠悠忽忽不足道也.

奉杲於學甚贍敏. 靑莊公好抄書, 而未及整門目, 雜置箱篋中. 奉杲手自整之, 次第不亂, 又具紙筆淨寫而藏之, 可謂能成其志者也.

奉杲仕至安峽縣監而卒, 卒時, 余病甚, 不能以文字哭之, 及病起也, 奉杲之筵几已撤矣. 而悲奉杲者益深, 非徒爲奉杲也, 爲靑莊公之故也. 且因靑莊公, 以及泠齋·楚亭, 而今皆邈然不可復覿矣. 爲之叙悲苦之辭. 辭曰:

"人之處世也, 如樹陰之憩, 不過得暫時淸凉而止, 雖或有速有遲, 相去無幾. 地下之淸幽脩邈, 果有可樂者否?"

柳惠甫哀辭 실학에 힘쓴 유득공

| 번역문 45면 |

自吾所居香山之麓, 南踰一嶺, 可二十里曰松山, 柳公惠甫之所藏也. 惠甫嘗宰吾縣有遺愛, 吾又通籍內閣, 與惠甫爲僚者且數十年. 惠甫長吾十二年, 科宦交遊皆在吾先. 及爲地主, 又敬恭執民禮, 望之若不可及, 及爲僚, 迭宕諧謔, 不自檢制, 遂若忘年交云.

公少孤而貧, 具屋數椽, 奉母夫人以居, 夫人李氏素賢, 以針線得其甘旨. 公出遊於宋氏家, 宋氏家聯于戚里, 聲妓酒食, 日夜不絶. 然公處其間, 能自力爲學, 學成遂中生員試. 時李炯菴·朴楚亭, 皆倡爲古文詞, 自娛於寂寞之濱, 見公卽莫逆也.

炯菴長於淹博, 談古今疑難, 叩之如響, 纚纚然不絶. 楚亭性警拔, 每酒酣放論, 廉利鋒鍔, 若不可犯. 公又從容談笑, 秀麗都雅, 藻彩蔭映. 三子者相會, 淋漓爲歌詩以舒其欝, 士皆傳誦, 謂之新聲. 然公務實學, 所著多地理名物之書.

正宗時, 設奎章閣置學士, 擧公及炯菴·楚亭佐之. 每朝廷有纂修役, 未嘗不與聞, 輒稱上旨, 以是屢蒙異恩. 於內歷軍資·司導·濟用諸寺監, 於外典府·郡·縣四. 公又精於政事, 雖猾吏胥不能欺絲毫也.

嘗與楚亭隨節使, 由熱河山庄入薊門. 熱河古柳城也, 地接塞外, 山川蒼涼, 風謠强梁, 固感慨悲壯, 足以發其趣. 及之燕, 中州名士潘庭筠·李鼎元·羅聘之倫, 多傾倒, 握手吐肝膽. 回回·蒙古·生番·緬甸·臺灣諸外夷, 狀貌魁健荒怪, 又以文字徵土俗. 由是, 文章益自放甚偉.

昔穆陵盛時, 搢紳大夫號稱能文者, 皆得聞雪樓諸子之風, 遂振羅麗之陋. 公之遊, 與穆陵時異, 是可恨也已.

公謹愼不敢泄禁中事, 獨其書籍·衣服·食物·藥丸之賜可宣於外者, 不可勝數. 公嘗侍, 上曰:"若殆老於職而尙衣綠乎."卽賜緋衣一稱. 且賜通政大夫敎旨, 人榮之.

乙卯春, 上乘輿循禁苑, 而御玉流泉. 海應與公及楚亭諸僚從, 大臣閣臣後而至. 時春雨新晴, 花氣薰人, 泉流琮琤可聽, 彩閣相望, 出御廚珍肴賜于前. 復之芙蓉亭釣魚, 且命賡進御製詩韻, 至月上而退. 歷歷如昨日事, 而健陵之木已拱矣, 公亦不淑者, 已六年矣. 公嘗言:"當益衰老時, 歸依松山之墓舍, 日騎牛相過從, 不亦樂乎?"今已矣, 每登家前岡麓, 望公之墓, 未嘗不太息久之.

哀李彝好文 술 마시다 죽은 이이호

| 번역문 50면 |

余素不解飮, 見飮者輒誚之曰: "人生於世間, 凡日用事爲所以自娛者甚多, 何必酒哉? 沈冥呼吸, 大則戕其生, 小則喪其儀, 何足爲 樂乎?"

飮者曰: "子不知酒之趣, 故云然. 方其陶然而醉, 無思無慮, 凡世之所稱悲懽苦樂, 無足以拂吾眞. 如陶淵明·王無功之徒, 皆淸逸閒曠, 然以酣飮爲事, 彼豈無所以哉? 且吾生也有限, 酒焉能戕之? 縱或戕之, 亦余不自恤也."

余嘗以是觀於世, 或酣豢富貴, 役心於榮利, 以自戕者有之, 或憂歎貧賤, 妄干於貨賄, 以自戕者有之. 等是戕也, 寧縱飮以終其身者, 亦近於古所稱達者. 飮者之言, 其庶幾乎!

李君彝好, 自幼少時, 嘻笑談謔, 若不可覊. 一門少年, 皆勤於學, 而獨自遊敖然, 亦早擧進士. 在鄕里間, 每飮酒至醉, 醉能數十日不食飮, 竟以是終.

彝好於吾世好也, 吾弟娶其妹. 記余往觀禮, 楓軒公年未甚高, 賓客皆鄕中長者, 鬚眉儼然, 宗黨後屬, 多英妙. 而君時方入而幹蠱, 出而侍側. 羅列酒食, 皆芳馨, 門闌華采, 爲人所羨慕.

已而楓軒公下世, 吾嫂繼沒, 且記座上賓客宗黨, 太半零落, 而君

亦長逝. 其盛衰之運, 若是倏忽, 則於其間, 又爲役心於苦樂悲懼
之際, 日夜煎熬, 自促其生者, 不亦嘻哉? 君之沈湎於酒, 不知軒冕
與飢渴爲何事, 陶陶然以終其生, 不可謂無所得. 殆吾所謂近於達
者乎. 悲夫!

제2부 일상의 아름다움

送金時明序 돌처럼 단단한 우정

| 번역문 55면 |

余年十四五時, 坯窩先生爲洞陰令, 屢過先君子, 鷄黍信宿. 先君
子亦往詣洞陰, 留連移日. 時明·稺圭兄弟, 時以童子隨至衙中, 從余
外家學書. 外家少年常往來余家, 具道才器品行與夫誦讀遊戲之跡甚
詳. 而余方生長鄕里, 不見京華貴遊之風, 以爲時明兄弟相門子姪, 當
出而爲國器, 鷾鵠停峙之儀, 必與人異, 欲與之遊而未及.

已而世故多端, 坯窩先生解官歸, 又盡室入西海之曲, 誠濶焉阻絶.
間者, 坯窩先生謝斂樞恩, 一至京師, 余拜之于桂東之舍. 稺圭自湖上
至, 輒詣先君子.

尙記庚申端陽日, 稺圭從京山李公·大邱沈公至弊廬, 檀園畫師金
弘道亦至. 先君子欣然置酒, 雜坐風軒, 聽庭下松籟, 觴詠書畫, 竟日
淋漓, 而獨不得致時明於座爲恨.

後二年, 余游宦梧竹舘, 始訪時明于梨洞丙舍, 時坯窩先生下世已

十年. 湖山夐漠, 花竹掩翳, 杖屨書策之屬, 具在茅屋, 徘徊不能去, 每月一至焉. 尋余又移官東峽, 不至梨湖者今十七年, 而其間丁先君子憂, 時明嘗一吊我於疎山之廬. 又九年余有悼亡之懷, 且臥病日久.

而念平生故舊皆在遠, 信息亦落落. 嘗孤坐悵然, 時方昏黑, 忽有從外入問疾病狀, 乃時明聲也. 呼燭相對, 懽喜怡樂, 繼之以感慨, 秣呂命駕, 不意復見於今, 而悲爲之釋, 病爲之減.

余嘗觀世之所稱石交者, 握手道故, 懇懃纏綿, 披示心肝, 意氣相投, 自謂無過吾上, 緩急之際, 若可恃也. 又其甚者, 卑降屈伏, 曲盡其態, 以中所欲, 及無氣力可援, 浼浼而去, 不一回顧, 且起謗怒, 競相爲害. 時明當豐悴屈伸之際, 當備知之矣, 惟淡而無求而後得全其交.

坏窩先生嘗謂先君子曰: "當吾家隆貴時, 未有錙銖毫釐之藉, 及吾家困窮時, 乃反情篤意摯." 此其所以難也.

又一夢李公·海陽羅公, 並吾父友也. 李公常言: "十年不見, 不以之疎, 日日見之, 不以之親." 與先君子不得會者四十餘年, 其契好漸篤於初. 羅公數日不見先君子, 輒不樂, 每相訪秘書省, 旣見之, 又澹然相對, 言不及私. 及還湖上, 常悵惘欝悒, 以桂坊至都, 見先君子而歎曰: "生得相見, 雖死無所恨." 二公之交道如是. 余擧之喩時和君有矣.

今於時明之去也, 歎其年紀衰邁, 濩落無成, 不能如余幼少時所期望. 獨其風流篤厚, 有足以動人, 爲叙中間離合之故, 又叙二公事, 知先輩所相與者甚篤, 俾各永世相守云.

書贈菱濠羅景先 선과 복은 마주치지 않는가

| 번역문 60면 |

先君子取於人甚博, 有以善來者取之. 有一善而他未有聞者取之, 有無甚善而有世分者取之, 有以善而掩其疵者取之, 有無善聞無疵謗而其人可與進於善則取之, 有以藝之精而不大違於善則取之. 其取之博如此, 況其衆善之備於身, 世同稱賢者乎! 賢者之並世也, 未嘗不見, 其不見者地之遠也, 道之不同也. 是故, 中歲之交, 莫切於雪橋安公及海陽羅公.

雪橋公之相遇也, 在卓異山中. 記是時先君子與林龍村過之, 望見布衣騎牛, 偃蹇山澤間. 龍村手招曰: "此雪橋也." 遂相視而笑, 犁然而意合. 計其會則不過十, 而雅好可求於古人也.

海陽公常過於香山之丙舍, 先君子數語而澹然無忤. 已而先君子久直秘省, 公亦以敎官至, 過從甚驩, 翠微北屯西湖之會, 未嘗不同. 最其後公選于桂坊, 自黃溪之峽被徵, 時公年高而儀容益潔, 間詣先君子, 先君子爲之具酒設絲竹. 都下名德多來會, 有詩紀事, 風流甚盛. 雪橋公有子而隱於峽, 遠不能從之游.

景先兄弟昔嘗隣居, 又同道也, 得以講世好, 于今三十年, 髮且星星矣. 吾之待景先兄弟如先君子之與海陽公, 景先之於吾, 亦如海陽公之與先君子, 雖十年之闊也, 未嘗以之疎, 朝夕之遘也, 未嘗以之密. 噫! 此道傳之兩家子侄, 其庶幾不忝乎.

景先家素貧, 薄田數區, 已爲人所耕, 連積於糴, 息長於債家. 今歲又荒, 恐無以自存, 不敢知天之賦福分者何所節也. 抑天之所貴在乎善, 有善者益其善而不益其福, 所賤在乎福, 有福者益其福而不益其善也歟? 善與福, 何其不相値也?

題海陽詩後 돌아가신 선배들을 그리며

| 번역문 63면 |

歲丁未秋, 海陽丈自駱東之儆第, 將詣楊山之先壟, 騎余隣人販柴之牛, 過宿香山之精舍. 先君子在都就直秘省, 余方守舍, 欣然迎之. 時秋陰將雨, 紙窓挑燈, 具陳茶果之屬, 閱古書畫, 晤語從容, 夜分未已.

翌日上墓, 歸路復期于芝溪宋公之宅. 公時方在洛, 聞海陽丈東出, 趣駕而還. 夕陽倒扉, 顧望野中, 公方至, 相視而笑, 樂意可掬. 余爲觀稼徑還, 海陽丈信宿而後還洛時, 贈余詩一首.

至今追思先輩風韻, 猶自動人. 中間三十一年, 次第淪喪, 獨余白首婆娑, 疾病半之. 忽見此詩, 文墨精華, 爀爀如昨, 意甚悲哀悽愴然. 盛衰盈虧之際, 如夜晝之交代於前, 不足爲歎. 但老成典刑, 旣不可忘, 且恕遺跡之湮沒, 具書如此. 後之覽者, 亦必有悠然而興感云.

竹谷精舍記 대나무 없는 곳에 대나무 집이라 이름한 아우에게

| 번역문 65면 |

舍弟鵬之卜宅花山之陽, 多植花木, 以爲幽居之玩. 梅菊桃杏樝李

梨樻倭紅山丹芍藥牧丹之類, 凡幾十種, 而獨無一竿之竹, 乃以竹名所居之谷.

余嘗徵其說, 對曰:

"吾嘗斲竹于紺嶽之麓, 遍種之庭除, 雖漑之勤而培之厚, 無一之蕃者. 吾貴其難致也, 名之所以慕之."

余歎曰:

"吾聞竹産紺嶽之麓, 往往衣被無際. 土人日用之器, 多取材於彼, 伐之狼藉而不惜. 距此不過五十里, 君乃不能致, 而貴之如此.

夫竹微物也, 苟處違其地, 植拂其性, 而求其蕃茂, 不可得. 況士之節進於竹者乎?

夫鶴擧雲霄之外, 棲艸澤之中, 警涼露而移宿, 其慮患也甚至, 然能羅而畜之者, 吾之餌有以利之也. 鹿處山林之中, 飮淸泉藉豊艸, 閒逸自適如此, 然能擒而騎之者, 吾之力有以毆之也. 夫淸遠之爲物如鶴鹿者, 吾有可致之道, 彼皆違其地拂其性而就之. 由是益知竹之爲可慕也.

吾以是求之人, 蒹葭之君子居洲渚之間, 魚鳥之所狎遊, 而秦人雖咏歎溯洄求之而不可得. 魯之二生讀書環堵之室, 自甘貧賤, 而叔孫不能起. 鄭子眞耕於巖石之下, 名震京師, 雖五侯之盛, 不能屈. 彼數子者, 誠有不可致之實, 故不爲人所致也.

君方隱居敎授, 以其暇治田圃種黍秫畜鷄豚, 視世之榮利紛華, 漠然不動于心, 其擇地而善者歟? 其養性而樂者歟? 不徒慕彼之難致, 且爲己不可致之實者歟? 此所謂節之進於竹也歟? 彼梅菊桃杏樻李

梨槿倭紅芍藥牧丹之類, 花實色香之美, 雖勝於竹者, 顧致之也易, 而
君乃不取, 可謂審取舍之分也."

竹谷賞荷記 내가 연꽃을 사랑하는 이유

| 번역문 69면 |

余喜賞荷花, 故屢爲之記. 荷托乎汙穢而不染, 逡巡居百花之後而
始開, 花秀潔而無妖麗之色, 又能穿陸地, 奮迅而生, 能具知讓貞勇四
德者, 故余之喜之也, 非以其榮而以其德也.

余好栽花卉, 往往識其性. 夫根而苗, 苗而莖, 莖而枝, 枝而葉, 葉
而花, 花而實, 是自然之理. 然苟或失其種植之法, 與非土宜, 則憔悴
夭闕, 多不能遂其性, 以自然之理, 値其不能遂其性之會者, 亦多矣.
是故, 名花佳卉之能致繁盛敷大者, 固知其難得. 旣得之, 則其能達天
理之公而遂物性之美者, 又可喜也.

余嘗小方池于堂下, 栽荷數三本, 欲賞其花, 而旋苦灌注之難. 且惜
荷漸敷而池不能容, 移栽竹谷之池, 池濶水淳, 無壅閼沮抑之患. 不數
歲, 果茂甚, 已被池之半, 花又抽百許本. 余亦未期其若是之速也. 夫
物之如期而就者, 固足爲幸, 況又速乎?

癸未杪秋, 緣堤畔小徑, 坐嶼上, 秋香淸遠. 悠然相對, 滌煩惱, 忘
幽憂, 如薰君子之德而不自知也, 不亦可喜乎?

記余四十年前見是池, 荷花彌滿, 忽已消滅, 無一箇存者, 只蒲稗
之屬塞塘, 不可開. 今乃復見荷之盛, 盛衰興廢之相尋于前者, 固不

足道.

荷與蒲稗, 美惡旣殊, 勢不得俱存, 常欲飭堤傍人, 除蒲稗, 務去其本, 俾無以更滋, 然後荷得以不壞.

夫白黑不分者, 亂之源也, 邪正雜糅者, 危之本也. 觀夫一花之盛衰興廢, 而亦知其幾也, 況一身公私義利之界乎? 其自治者, 宜如何哉? 余又惕然而警也.

名山記序 명산을 유람하는 이유

| 번역문 72면 |

莊生有言曰: "大林邱山之善於人也, 亦神者不勝." 其言甚妙. 夫彼紆餘妍妙奇怪美麗者, 顧何與於人? 乃隨遇而發其境, 其所以取娛紓憂開鬱瀉煩者, 得之有深淺. 然拘跡於塵壒, 嬰懷於軒冕, 進退跬步, 局促牽連, 則顧無由致其境焉.

夫彼擺棄物累, 而追逐雲月, 高擧爽豁者, 固可謂加於人也. 然取山水之趣, 豈止於是也哉? 觀夫詩經所訓: "維嶽降神, 生甫及申." 則知其能蘊精蓄氣, 往往産夫奇偉之人, 以神補于世, 如嶽瀆之出雲而興雨, 豈徒一時觸境, 而取娛紓憂開鬱瀉煩而止哉?

又讀夫高山仰止之詩及孟子觀水有術之語, 則不但胚胎靈異, 其悠久堅凝, 與道不息者有之. 夫取娛紓憂開鬱瀉煩者, 不過騷人墨客, 尙奇而高逸者也. 若蘊精蓄氣, 以産奇偉者, 必其懷抱道義, 裨補世敎, 有名章顯者也. 若悠久堅凝, 與道不息者, 仁智之所以樂, 而動靜貫乎陰陽者也. 此豈非人之觀之者有淺深, 而得之者有鉅細之不同耶?

余少欲遠遊, 考諸東國山經, 閱其枝條, 世所稱靈區, 多錯于其中. 夫白頭之山, 挺拔于大荒之中, 其左枝挾豆江而東, 幽晦稠密, 右枝挾鴨江而西, 巖嶅阻險, 皆産魁奇而毓桀鷔, 靺鞨女眞之所以起也. 其中條蜿蟺扶搖, 爲金剛雪嶽之奇, 如釋迦頎然立于物表. 左抽淸淑之氣爲白嶽, 爲我萬億年之都, 又振其勢於鳥嶺, 迂入于湖而分南北焉, 蔚然有文明之氣, 故國朝儒學, 發于南者甚衆.

然白頭以其在東北荒遠之界, 故中華聖王哲辟, 不之祀焉, 而其産皆靈異殊倫者類. 而觀之者, 亦搜怪探奇而止, 未能審其體爲如何也. 余聞其蘊蓄端麗, 不似幽朔之氣, 路徑便穩, 無攀援峭嶻之艱, 類中和精粹之人, 此豈不足爲仁知之所樂乎? 是故, 編名山記, 以明東國羣山祖於白頭. 君子之觀道者, 必有取焉, 不徒以登覽之娛與胚胎之異爾.

養魚小記 물고기를 기르며

| 번역문 76면 |

童子有捕二小魚於川上而觀之. 余惜其可活而不遂活也, 儲水於木瓢, 可數升, 放魚其中, 置梅盆之下. 魚乃掉尾鼓鬐而樂之, 若游于江湖. 已而其一跳出於盆外而死, 其一能經冬得活. 然春氣方至, 萬物皆蘇, 余又恐魚漸煖而在于瓢, 不得遂其性, 令童子放於前澗而歎曰:

"以彼至細而憑勺水灌注之微, 可謂甚艱, 然能自全保者幸也. 又當前冬之極寒, 百川皆涸, 雖魴鯉鱮鯤之脩且廣者, 多不得全, 而魚不凍死者, 幸之尤者也. 然彼不能備鼎俎之用, 故吾之力得以施焉, 若能肥美而可備烹飪, 則吾之力亦不得施焉. 旣放於前澗, 其能據窟宅之邃, 而爲盈車之大, 則人窺伺而欲捕, 必網羅之, 釣鉤之, 不遺餘力, 終歸于烹飪.

夫物微細, 不能隨遇而安, 稍自奮其力而有所動作, 則不免於死. 又能處深淵而用以爲樂, 若爲人所羨慕, 則亦不得自救其死. 凡物之生, 微欲其長, 細欲其大. 然旣長大則爲患又如此, 將安所處哉? 夫天地之德, 以生爲主, 人與物, 俱受氣于天地, 宜幷體其仁, 而乃反相賊害不已者, 何也?"

寄沈橋金元博尹聖兪書 병상에서 쓴 편지

| 번역문 79면 |

秋氣乍動, 病枕懷緒, 日夕耿耿. 聞沈橋老人患泄向差, 元博·聖兪病勢漸減, 修養之人, 固宜有此. 但老人筋力, 如朽木受風, 望益調治, 以永桑楡之景, 如何?

弟始患阿睹, 過爲憂慮, 遂致心火上升, 初謂眼病息則心火降, 眼旣釋慮, 火則自如. 且誤讀程夫子一命之士存心愛物之訓, 每於國計民憂, 過自憧憧, 常作無益之慮. 又讀經史, 每於古人用力處, 探賾不得, 則常覺煩燥, 又於忠臣烈士遭罹慘酷, 則輒不勝慷慨泣下. 此皆蘊結心懷, 今挾病氣而發, 益致煩懣.

自念四十年讀書, 未能致力於本根之地, 良覺自恨. 吾輩數三人志意之合, 竊謂無減於古人, 及今白首臥病, 久未見面, 此懷悠悠, 如何可忘?

今春聖兪書中弟折遺三色花, 相愛之發於宵寐如此. 幸須自惜, 如此花之芳芬馥郁如何? 弟則晩節之愧此花多矣. 病中強艸, 令故人知吾心也.

遁村李丈歸後有書, 而病困未卽作答. 昔先王考聞凌壺公病, 贈木頭菜, 公作書以謝繾綣, 筆墨精華, 尤覺淸高. 弟則病昏難強, 益覺先輩工夫未易追及, 如有便致此意也.

詩社記 포천 지역의 공부 모임

| 번역문 82면 |

靑城之名文鄕者, 由詩社始. 昔在英宗戊辰, 鄕中耆宿, 以功令業結社, 課少長. 業旣成, 先君子與尙書權公, 中進士文科, 汾皐李公, 中文科, 楓軒李公·松亭李公·桐橋李公, 中進士.

又二十七年甲午, 尙書權公與先君子, 復結社. 海應及弟海運·李鳳元漢喬及弟錫老漢奎·李士希得賢及弟士兼益賢·權望之大觀·李仲吉光輔·趙士玄萬運與焉, 皆中進士, 鳳元兼擧文科. 又四十年, 當宁癸酉, 復結社, 兒子憲曾, 從子祐曾·翼曾與焉, 皆中進士. 又十二年甲申, 復結社如故.

記余年十五, 始遊社中, 見先輩長者, 皆享高年, 威儀儼然在座, 常慕仰若不可及. 距今五十一歲, 余遽已當先輩長者之坐, 課子姪而旣小成, 又復課孫兒曹, 其衰朽固宜.

夫士之生也, 必欲以名自見于世, 而今之功令之業, 不足以爲名. 然國朝以是取士, 士之欲顯揚而立身者, 安得捨之哉? 故自幼少時, 先習此, 然未可以是爲實學而乃終始之也.

自蘭亭修禊之後, 如樂天之香山, 文富·司馬之洛陽, 至於蘇·黃諸子西園之會, 皆極其一時之盛, 而未聞其續成而不絶, 如吾鄉之詩社. 夫一時之盛, 雖聳勸當世, 人皆指點咨嗟, 想其風采一過之後, 徒墟而止而已, 求其談笑風流之跡, 而不可得.

顧吾鄉之詩社, 亦嘗慕樂天·文富·司馬·蘇·黃之風, 而傳其規範, 又以育英之意篤之, 使後人皆知父兄之敎訓在此而不墜, 競相磨礪其材器, 發舒其志氣, 則程文雖小技, 獨不可由是而爲初學之階乎? 要在其發之如何耳. 昔孔子曰: "以文會友, 以友輔仁." 夫會之于文者, 聖人之所許也. 且不徒以會, 將以輔仁也, 此吾鄉所以結社之意也.

仲弟鵬之六十一歲序 아우의 회갑을 축하하며

| 번역문 86면 |

今甲申二月戊戌, 君之周甲也. 余長君四歲, 記君始生也. 先府君從使役, 詣倭國未還, 而先夫人春秋于時三十六歲, 瘁於家政, 氣常未充, 旣挽而血大下, 頗困殆. 余方蒙幼, 不知爲憂, 從傍視君啼呱呱, 指爲嬉笑.

君生而多病, 先夫人常負君, 步軒楹之間, 忽從後而仰顛. 先夫人驚甚, 置君于懷, 溫之得蘇. 又從先府君於蔚珍任所, 吾兄弟俱痘, 君尤劇. 先王考府君, 入視之曰: "命也, 母憂, 第且禱之." 先夫人當寒, 沐浴而禱之, 得無事.

君稍長, 頗不羈, 先夫人憂其縱逸. 先府君曰: "兒課業有常, 終必有成, 姑任之." 余與君俱長, 故兒時事, 皆一一樓于懷, 而不能忘也.

君年七歲, 出爲叔父後. 叔母方嫠居, 得君甚驩, 愛養周至. 君旣長而冠矣, 娶而有子矣, 又赴擧而中進士矣, 仕而爲六品矣, 拊君之勤, 如幼少時, 以至于老. 叔母下世今五歲, 而乃君周甲之歲屆矣. 每兄弟相對, 感慕悲切. 而家人顧以爲驩慶, 具酒食, 招邀親戚鄰里, 盈堂溢戶. 而諸子競相稱觴獻壽, 兒孫繞膝誼笑, 可謂式燕且喜者也.

夫立身揚名者, 乃孝之終也. 吾兄弟旣不得以大有顯榮于朝, 以播先世之令名, 又不能修身潔行, 有聞于世, 以發先世之茂實, 徒能憑藉遺庥, 年俱踰于六旬矣. 夫老爲達尊者, 何也? 以其閱歷久而聞見多, 能以善及人也. 不然徒陳人而止, 何足貴哉?

吾家世世以文學行誼相勉勵, 得不爲人所菲薄. 君無以老爲, 益篤家訓, 使諸子孫, 恒兢惕而皆得爲善, 課僮僕, 易田疇, 使祀饗無闕, 家衆無飢. 從今以往, 致遐耈, 享耆造, 而恒持此則幾矣.

吾始陳劬勞之恩, 而悲不能久, 繼以少壯之迹, 而悵不能追, 終之勉戒之辭, 欲其老而逾益不渝爾.

제3부 박학과 실용

藷說 고구마를 어떻게 보급시킬 것인가

| 번역문 93면 |

英廟癸未, 先君子入日本, 李七灘匡呂書托種藷法. 至對馬島佐須浦始得之, 卽所稱孝子芋也. 古有孝子種之養親, 故名. 馬島磽确不宜穀, 架木懸匡, 種以救饑, 他島不之種也. 使臣聞而購之, 種於東萊, 寢蔓緣於湖南州郡, 而濟州尤盛云.

余嘗種之香山之圃, 地故肥而治之失其方, 根深而不結魁, 其結者僅如薯蕷, 但葉茂可茹. 余嘗觀南方草木狀·異物志·稗史類編等諸書, 備言藷性與功利, 而徐玄扈甘藷疏最詳. 俗見不深明其理, 好以偏識, 妄言其利不利, 沮人嚮之者, 不有以破之, 何以廣濟乎? 玄扈之斬斬竭論者, 誠苦心哉.

東土素饒粳稻, 人得以朝夕具飯, 不如是則如不食者, 藷雖爲救荒而設, 人反輕之. 昨歲大歉, 湖南尤甚, 餓死者相續, 不聞以藷而得濟, 想彼不力治耳. 何其習俗之難移也?

今之淡巴菰, 卽亦倭種也, 自壬辰時得通, 遍國中而皆宜. 木綿始亦由閩而至, 僅傳種, 而今亦大盛, 俗之所趨也. 人苟視藷如淡巴菰木綿而治之, 寧渠不蕃哉?

東人多粗率不細究, 況又所不嗜者存, 宜其不能蕃也. 嶺南之智異山有茶, 新羅時所取種於閩中也, 國人不解焙法, 而顧反資於中國. 昌原有日本栗, 高麗時趙良嗣所取種也, 如榛而味絶甘, 人亦未之知也.

古之人不避險遠而求之, 必欲濟人, 輒患民俗之不從. 苟不中於俗, 徒自勞耳, 然安知無一二同志之人, 得賴是自濟? 又安知無一二同志人, 又播其敎於隣里鄕黨, 得以廣其利? 又安知無後之人, 能識其利而益廣之於天下耶? 濟人之術, 固不可自劃, 余所以惓惓於草木之微者, 亦玄扈之志也. 玄扈且言:"傳種甚難, 蓋入土懼以濕敗, 不入土懼以凍敗." 驗之良然, 苟有業於諸者, 宜先講此.

花譜小序 정원에 심을 화훼 목록

| 번역문 97면 |

吾嘗愛昌黎詩忘情學草木之句. 夫情生於感, 感生於境. 人生於聲色臭味之中, 所遇之境萬變, 而感之者不同, 則其有善有不善固也. 是故, 先儒有言:"不見可欲, 使心不亂." 防之於始耳.

夫草木有穠麗之態, 而人不足以與蠹也, 有淸遠之韻, 而人不足以與惑也, 有芬郁之香, 而人不足以與移也. 方其玩也, 足以寓吾之情, 及其違也, 不足以留吾之情. 是故, 其感不歸于亂. 且草木之花, 發於中和之氣, 有足以薰吾性而長吾德, 則所取非一檗耳.

余之園圃稍廣, 頗欲種植花木以自娛, 具書土宜之種, 爲之譜.

松芝說 송이버섯의 이로움

| 번역문 99면 |

木之礧砢挺拔而茂者, 松也, 得其氣而産者, 其味宜淡泊益人, 故松芝爲饍品之最. 余求之市, 常患難得, 今聞産權氏山, 距此不數里. 其産必於黃白沙土, 而每秋初霖收, 松上之露滴于地, 則必多産焉.

余嘗歎天之雨露發生之氣, 無精粗高下, 沾之維均, 但地之所以受之者, 其性與氣不同, 故物之所産, 色香臭味, 亦各殊.

夫芝一也, 或産於朽壤穢惡者, 往往毒至殺人, 又如發於高樹茂林之上者, 亦多不可食者, 獨産於松, 而必於高燥地而後, 始能益人. 士觀乎此, 獨不可擇地而蹈乎? 然菌萏澤蘭之屬, 生于泥濁汙下之地, 而其芳馨薰人, 又能已疾者, 由其性之不移于地氣, 故地氣反爲之助也. 然則士雖擇其所蹈, 而尤不當培其性乎?

古之品芝者不一. 其稱瑞物也者, 類皆時君世主, 好符瑞而夸耀之故也. 夫漢武帝稱齋房芝爲瑞, 然芝必得滋潤而後生, 安得産於柱哉? 武帝雖稱其爲瑞, 而宋王黼賜第, 芝生於屛而黼誅. 又所稱仙藥也, 則爲丹學者, 以爲服龍仙芝, 壽千歲, 服月精芝, 壽萬歲. 人本受命于天, 而壽夭不齊, 芝安得而延其壽哉? 然則彼所稱瑞物與仙藥者, 徒妄言耳, 不如松芝之能淡泊而益人者也.

| 번역문 102면 |

余在都下, 善硏工金道山, 道山洪州吏也, 貌朴陋若無能者. 洪之隣藍浦也, 藍浦産硯材, 故好製硯. 工旣成, 棄吏役, 遊都下, 賣硯以自食.

申敬祿者敦寧府吏也, 製硯亦甚工, 尤善彫刻, 往往亂中國硯. 宰相名士有勢力者招而役之, 不與其直, 敬祿徒勞而亡所利, 乃欲自斷指而免. 爲材者誠難矣.

工欲善其事者, 必先利其器, 不獨工爲然, 惟士亦有之. 仲將之墨·羲之之筆·蔡倫之紙, 皆有名, 顧其人皆善書者也. 墨淡則枯, 筆麤則俗, 紙劣則荒, 枯與俗與荒, 皆書家大病也. 宜其欲致美也, 紙筆墨三者雖佳, 有佳硯然後, 始能發其光, 硯又可少也哉?

然今人之好硯者, 多寶邃古所製及遠方之物, 非是不畜之. 是爲耳目之玩, 非欲利其器也. 發墨則斯可矣, 又何必未央·銅雀之瓦, 端·歙之品哉? 余從道山輩聞硯材甚悉, 故具書之.

藍浦石甚佳. 金絲紋爲上, 銀絲紋次之, 花草紋差硬, 滑不拒墨, 澁不滯墨者爲可, 蓋石理麤則墨色濁, 石理硬則墨色淡. 惟瑩潤纖膩者, 與墨相得. 今街肆村塾所用, 無非藍産, 故人不甚貴, 然其佳品不讓端·歙, 亦有子石及鸜鵒眼者, 顧稀貴難得.

渭原石, 靑者似歙石, 紅者似端石, 然紋理少麤. 佳品常在積水中, 用人力甚衆乃可得. 高靈石微澁, 但枯淡無光氣. 平昌紫石頗佳, 亦有花草紋. 豊川靑石甚硬, 理且麤如瓦硏. 安東馬肝石最劣, 雖其佳材, 不及他産. 鍾城鵝卵石, 産於五龍川, 品冠東硯. 甲山茂山石亦佳.

清人論硯材, 稱混同江松花石甚佳. 混同江源出長白山, 一名松阿里江, 松阿里者, 漢語天漢也. 江畔砥石山多產石, 綠色瑩潤細膩, 品埒端·歙, 吉林人取以充貢. 鍾城與甲山·茂山隣混同江派, 硏材故多佳品.

東國泉品序 전국 샘물을 품평한다

| 번역문 107면 |

水之美者, 無如春雨之水·秋露之水與夫雪水, 此皆不擇地而降, 然彼皆不能久蓄. 其次菊花之水, 玉井之水, 然菊泉須根敷叢盛, 靈液深注而後得, 非卒乍可辦也. 至如玉, 則又東方之所希有也. 惟硫黃白礬之屬最多, 硫黃之泉溫, 白礬之水冷, 皆處處有之. 溫泉氣味雖惡, 而可愈疾. 第有一種砒霜, 與硫黃相似, 浴之有毒. 若冷泉比溫泉又下, 非可以愈疾者也.

東國之水, 北方爲最, 以其天一之精, 始發也. 地又幽晦, 城市稀闊, 溝渠汙穢, 不得以汩亂. 如白頭之神溢·洪原之甘露·北靑之甘泉, 皆其美者, 是以北方之人, 健而少疾. 其次五臺之于筒·江陵之寒松, 皆發自嶺東西之靈區, 亦稱其美.

夫人之生也, 惟水穀之精是賴, 而水之最忌者, 渟潴不泄, 令人生百疾. 是故, 歐陽公愛陸羽品泉以謂: "山水上, 江次之, 井爲下. 山水, 乳泉石池漫流者上." 夫山水之爲上者, 發其精也, 江水之爲次者, 流其惡也, 井爲下者, 無所疏其濁也.

余衰老多病, 思飲甘泉, 得以醒臟腑滯留之氣, 然甘泉苦未易得, 遂考圖經, 品次國中之名泉, 至北方及嶺東西之水, 徒想慕其爽豁, 如浮屠之說, 望梅酸而止渴者也. 彼不能久蓄者, 與夫不能猝乍之辨者, 及希有之物, 非求之不力, 特其勢之難也.

余嘗種荷於竹谷之堤, 頗茂盛, 葉幾蓋池, 待夏露之下, 將取而飲之, 欲已疾, 顧安得久蓄而不變矣乎? 東人品泉, 以重爲佳, 實不然, 乃輕者佳耳. 荷露與雪水最輕, 此其可驗者. 山水雖爲上, 至如深山窮谷之中, 泉從木葉腐積而涌者不可飲, 飲之生腹疾. 瀑湧湍漱, 亦不可飲, 飲之生頸疾. 品泉者, 不可不識此.

題丹室閔公玉簫詩後 통소 부는 이한진

| 번역문 111면 |

京山李公好吹洞簫. 丹室閔公出宰成都, 製玉簫遺之, 銘以詩曰: "藍田之寶, 緱嶺之音. 持以遺誰, 有美華陰. 吹自仙樓, 江月照心." 坯窩金公書之, 具在洞陰淸泠之墅. 京山公嘗携簫過湛軒洪氏之竹舍, 爲數弄, 湛軒故善琴而與之爲耦. 又嘗入金剛山, 吹于歇惺樓上, 寺僧驚以爲仙人降樓上.

夫樂者, 君子所以治心進德之器也, 是故, 尋音而知心, 因心而知德, 疾舒奮動適於器, 而其音不可諧乎? 歡欣惻愴中於節, 而其心不可治乎? 廉辨貞諒充於己, 而其德不可進乎? 是故, 用之郊廟之上, 則氣和而心平, 施之山林之中, 則倫淸而理明. 公深藏邱壑, 雖不得爲朱絃疏越之音, 上助淸明之治, 亦得以淸閑自適, 伐邪滌査, 以發其性命之正, 殆所謂倫淸而理明者歟.

公少居北山下, 好從先生長者遊. 嘐嘐齋金公素好樂律, 故公從而學焉, 其音正直, 與俗異也. 又北山素淸幽深邃, 泉石松籟皆足以發其境, 故公益得其聲音之妙. 丹室公之遺之者有以夫.

成都在沸流江上, 素産玉, 丹室公之風流遺韻, 與玉之光氣衣被而不絶, 此君子所以比德者也. 丹室公旣自治其德, 又採之爲簫以遺公者, 欲公之同其德也, 豈徒爲聲音哉? 丹室公先逝, 坏窩公次之, 公又不淑, 君子之德, 於是乎不可考矣.

題韓石峯筆帖後 조선의 명필 한석봉

| 번역문 115면 |

筆至於王右軍, 其至矣乎. 前乎右軍, 如張芝之草·鍾繇之楷, 可謂窮其妙, 而右軍皆具焉. 後乎右軍, 如宋儋之古·趙孟頫之媚, 可謂極其工, 而右軍皆發之. 譬之聖學, 其唯金聲玉振而集大成者乎.

我東石峯之筆, 卽晉時之右軍也, 內擪而有法, 外拓而有姿, 和而不流, 疎而不迂, 密而不杳, 深奧集造化, 要眇泣神鬼, 凡筆苑之鉅匠不一數, 而孰能及之?

夫以筆而名, 君子之所不屑, 然其得之有道, 必其當時君上獎嘉之而得之, 不然當時大人君子爲之襃揚而得之, 不然必其後世有名有勢有位者, 想慕闡發而得之. 是故右軍之筆, 至唐太宗而後, 其品之冠絶今古者始定. 筆雖末藝, 其得名之難, 又如此.

石峯生值穆陵惜材之時, 恩渥便蕃, 揚詡出常, 而文苑諸公, 又相傾倒之不暇, 此所以名盛於並世, 邃及于遺後. 然則匪徒材之難, 亦時之難得也. 余又聞善書者必非庸人, 胸中無磊落奇偉之氣, 則雖欲工而不能工, 觀石峯之筆, 又可得其人也.

北海魚族記 최고의 생선 명태

| 번역문 118면 |

環天下而海者, 其魚鮮之所育, 海內共之. 獨東北海有魚, 而族類不槪見於爾雅·埤雅·廣雅等諸書. 獨東人專其利者有四種, 曰明太魚, 曰大口魚, 曰靑魚, 曰牧魚, 皆俗名也. 牧魚者, 秋冬之交, 一者大上而止. 靑魚者, 秋冬之後, 始捕於北海, 沿而東南, 春止於西海, 每春雷而雪, 多捕之候也. 大口魚亦充溢於東北海, 捕者自冬至春而坌集, 然其利不廣.

惟明太之魚, 産於北海, 其藁者味不如濡者, 其卵紅潤可醢. 每歲輸載聯續於元山, 元山北之大都會也. 凡深山窮谷之中, 雖僻陋幽邃, 而必以是爲饗客祭先之用. 通衢大道之中, 雖蕃盛稠密, 而必以是爲下酒佐食之具. 無都鄙無貴賤, 無不用是者, 其利亦博矣哉.

鯛·魵·鮸·鯋·鱫·魳·鯪·䱐·鱳九魚者, 樂浪之所出, 見說文. 今以其所狀鱗鬣種族考之, 鱫疑江豬海獺之屬. 魵雌鯨也, 今民魚石首魚也. 鯋同鯊, 江鯊螫人, 海鯊食人. 鯪今比目魚也, 䱐疑人魚也, 魳卽河豚之類, 鱫今鱸魚也. 鱳則獨不可考, 非大口則明太也.

北果之珍, 有櫻額地盆子之屬, 皆蔟生, 味甘而脆軟易壞, 不能多輸
之京都. 又不能移栽於南方, 無以滋其蔓, 其利及人也狹. 縱或廣之,
不如魚鮮之利益人. 如樂浪羣魚之族, 雖及於國中, 其淹涵肵胎充積
彌滿, 又不及於明太者. 計四海之大, 而魚之種幾乎萬, 而大者鮦鱧,
細者鱨蝦, 無與競明太之利, 何其盛且蕃也?

挹婁貂記 읍루의 담비 갖옷

| 번역문 121면 |

貂似鼠, 産於東北之諸山, 而惟挹婁之産最良, 故曰挹婁貂. 其尾紫
蔚采潤, 豊深溫燠, 可用以爲衣裘. 然考之古經傳, 自天子公卿大夫,
下至甿庶之賤, 皆有裘制, 黼裘·狐裘·虎裘·狼裘·豹裘·麛裘·羔裘·犬
羊之裘, 是也. 袪餙以爲節, 襲裼以爲禮, 而貂則不載. 又肅愼氏徒以
楛楉之屬爲贄貢, 而不以貂何哉?

北方寒凉, 人以貂皮燠額, 附施於冠. 趙武靈王效之, 以金鐺餙首,
前揷貂尾爲貴職. 秦滅趙, 以其冠賜近臣, 遂爲侍中之常服. 而我朝之
儀, 則三品以下, 以鼠毛護帽, 三品以上, 以貂毛護帽. 冬月則服, 豪
富人復聯其皮而護項, 以多爲重, 貂鼠由是益貴.

貂之生, 必於窮谷深林之中, 跳踉善避匿. 而八九月之交, 其毛始可
用, 捕者必穿氷霜之苦, 登峭窮幽晦而後, 僅乃得之. 或早寒而雪塞,
其徒俱死而不得收. 其難若是, 又可得而輕用之哉?

今夫北邊守令, 歷辭朝廷也, 權宰相輒求之, 不敢不從令. 旣之官,

誅求多方. 民有獲貂者, 不得出境. 官乃薄其價而取之, 流離四散, 職由是矣. 邊民輕轉, 徒不恒居, 況加之以厚斂乎? 端川金銀良馬·六鎭之纖布·三甲之長髢·江界之蔘, 不登於朝, 則何憂乎北民哉? 北民誠可哀也.

兩耳懸珥環 귀고리의 유래

| 번역문 124면 |

國俗, 大小男子, 必貫穿兩耳, 懸珥環, 華人譏以爲胡俗. 宣廟初, 曉中外, 痛革其習.

제4부 학문과 경세의 깨우침

師說 스승을 부르지 말고 찾아가서 배워라

| 번역문 127면 |

古人之擇師慕其德, 今人之擇師慕其勢. 有德者, 未必無勢, 要之無勢者多. 苟慕之在德, 則德日進, 其於勢也, 玩而忘之, 若奏鍾鼓以破秋虫之吟也.

有勢者, 未嘗無德, 要之, 無德者多. 苟慕之在勢, 則勢日競, 其於德也, 不知所以消之, 如夏氷之易釋·湯雪之易沃. 德與勢, 未始有分, 而在所慕之如何而已. 今之士大夫, 輒以爲人材不若古人, 殊不知求之師而乃求於才.

　孟子亞聖也, 使不就學舍之傍而習之, 孟子之爲孟子, 未可知也. 亞聖猶然, 況下此乎? 今之人, 幼少時, 以了了稱, 及長而無聞, 雖有聞, 亦未能充幼少時所了了者, 何也? 所師非所以爲師也. 吾家以敎授爲業, 見人多矣. 其上材固未易也, 下材亦少, 要之, 無不可敎之人. 先祖考家居貧甚, 茆屋不能以時揆, 夏日雨輒漏不可坐, 冬日氷霜滿壁不可寢. 麥飯葱湯, 有時或闕, 而都下士大夫多從之學, 共其淡泊而不之苦, 若其服勤也, 不離乎左右, 成就者甚多. 當時稱先祖考善爲師, 以人之所慕, 在德而不在勢也.

　百年之間, 風俗日下, 必延師於室而豢之, 以敎其子弟. 彼子弟素驕, 且挾其豢之之勢以臨師. 師亦無以爲威, 不施訶責, 不施捶楚, 特爲之役已. 子弟旣卑師而受其旨, 固無以進業, 則又以是責師之不力, 是猶授朽索而御悍馬耳. 是以, 賢者不輒爲之師, 其爲師者, 特有求者耳.

　幼小時所習如此, 旣長, 始擇於林下之名重可爲勢者師之, 終歲未嘗講業, 只假其門人號以號於衆而張之, 卒又多殃其師, 此所慕在勢而不在德也. 爲師者, 不亦難乎?

　然則敎子弟, 於何乎始? 在往學而毋館師. 自幼小時, 知師道之嚴而後, 始可以進於學矣. 君父有定位, 師無定位, 唯道之所在而師之, 又何擇其貴賤尊卑乎? 德在己, 勢在人, 學者欲爲己乎? 抑爲人也?

秋潭集序 훌륭한 문장이란

| 번역문 131면 |

余少從楓石徐公遊, 每論古今文章, 必以去陳言爲務. 凡於粹駁之疑, 醇醨之混, 別之甚精, 如分淄澠而判碔礥, 斯可見公之所自得者深也.

今見秋潭君所著文若干篇, 信乎繩家之髦也. 君方年少材敏, 苕華溢發, 無入而不自得, 故取材也博, 擇言也精, 品裁也妙, 論議也確. 此足以鳴於世也, 猶以爲末也, 廢功令, 謝交遊, 日求其所未及者, 其進寧有極哉?

夫文章之盛, 莫及於兩漢唐宋之隆, 然求其並世而特異者, 不過十數公而已. 方其交相馳騖, 光怲震發, 誠可謂各盡其術, 而求其最正, 又此十數公者, 不能無得失, 如漢之賈董·唐之昌黎·宋之歐曾, 不過數子而止. 如是而後, 可無媿乎正之稱也.

然此數子亦不能世傳之, 獨稱中壘二劉·叔皮父子兄弟與老泉三蘇而已. 文章之特異者, 旣未易, 而門路之正, 又甚難, 況可得專之一家邪? 專之者, 必天之所畀者重, 而非可以襲有之也.

東國之文, 常患陳腐, 苟不能抉而去之, 其可曰言之文乎? 欲抉而去之, 又患格弱而力遜. 近世之文, 不能無是疵也.

君家世敦尙文學, 自文靖公以來, 笙鏞黼黻之美, 固已爲當世之所推. 楓石公之爲文, 復以去陳言爲務, 則與東國冗瑣之法遠焉, 考今之世, 其特異而最正者也. 君於晨昏之際, 承聆者熟矣, 殆不扶而自直乎.

然文章必主乎氣, 氣苟不昌, 則類蟋蟀之吟, 不足當金石之樂. 有氣矣而不以法, 則類馬壯與美, 而不能中鸞和緩節之響. 有法而不以識, 則類規矩繩墨, 存乎握, 而不知所以裁之也. 具是三者而後, 方可謂之全矣.

余自少學爲文, 及今老白首, 而猶無所成, 故常恨焉, 具爲君告之. 君其用是益進其所有餘者乎. 今人之論文也, 若駃語以古昔特異者, 雖知其奇而輒畫焉, 語以門路之正者, 尤瞠然而驚, 以爲不可企及焉, 又敦以家學之懿, 則或狃于見聞, 不甚求之, 夫豈然乎哉? 夫豈然乎哉?

東詩畫譜序 시와 그림의 신묘한 경지

| 번역문 136면 |

詩與畫, 皆藝之細者, 然亦習之而獲其妙, 有足以自娛者, 蓋其道相通也. 詩以狀物爲工, 畫以肖形爲得. 古人之爲是者, 力完神足, 故不蘄妙而自妙.

今夫讀詩三百篇, 則凡草木之枝茂與鳥獸蟲魚活動變化之狀, 皆不言而可喩. 又禹鼎所鑄魑魅神奸之奇怪譎詭者, 皆不爽毫毛, 故不能逃其形. 不然, 何以入山林而逢不若, 邍爾知其狀耶?

自晉唐以來, 詩畫之俱臻其妙者, 稱王摩詰. 彼神韻雖逸, 氣力常遜, 譬之秋潦盡落, 水石呈露, 蕭散可樂, 若視大浸稽天之勢蕩潏汪濊, 則亦已弱矣. 然其詩常悠然於意象之表, 而又能一一發之於畫, 故其要眇玄幽不可及也.

夫遠而不可追, 近而不可挹, 濃而不至於富, 健而不至於麤, 幽而不至於僻, 乃詩畫之入品者. 余久居山中, 見四時草樹, 精華溢發, 田溝平蕪, 悠漾可望, 而最愛烟雨忽來, 遮前山一角, 忽去微露山林, 百態横生, 而詩情畫意, 不覺飛動久之, 然辭拙而不能盡胸中之意, 筆澁而不能發境中之趣. 夫不習則不工, 不工則不妙. 由是, 益知善詩畫者, 用心之勤也.

昔先王考嘗抄東詩之合畫料者, 欲借當時善書畫者, 以追華人所纂唐詩畫譜者, 未果. 舍弟鵬之, 乃能成之, 然有詩矣而有筆爲難, 有筆矣而有畫爲尤難. 夫絶藝常難並聚, 是以, 所得不過數十本. 余以先王考之所欲成者, 故爲之書卷首.

題科體詩後 과거 문장의 병폐

| 번역문 140면 |

古之取士, 何嘗不以言, 而試才何嘗不以事哉? 夫其言善而後, 可以考其才, 其才良而後, 可以試諸事. 然士懷道飭行者, 固不欲僕僕求售于人, 此科擧之學, 所以見輕者也.

漢時以明經對策取士, 猶爲近古, 而至用詞賦取人者, 卽唐·宋以下之俗習也. 夫明經對策者, 可以考其人之言, 至若詩賦, 類多代人而言者也. 考其所自言, 尙猶有拙訥不能善者, 況代人而言? 其果能得其人之意而不爽乎? 果且得其人之意而不爽, 是卽僞且贗也, 豈足貴哉? 今之取人者, 卽亦功令體而具有程式, 合之則取, 不合者不取.

蓋其爲體, 始於胡元, 而至本朝卞春亭季良, 又因其法, 益精其尺度, 愈見其狹而且卑, 豈初學所可習乎? 士之自幼, 矻矻于是, 果何爲哉?

夫自賢人君子名碩忠孝貞烈之可以敬慕者, 優伶爲之倣像, 則雖步趨雍容, 談笑軒擧, 此何取於義也? 又如俠少佳冶閭里鄙瑣之事, 鼓掌振作, 極盡其技, 而能使人絶倒者, 由有識傍觀之, 其醜當如何哉? 今之功令體, 何異於是乎?

然氣和則心平, 心平則聲正, 市街之童, 相與歌謠者, 豈能必諧於律乎? 但爲和氣所感發, 則亦能怡愉驩樂, 可以卜治世之音.

余見向時諸人以科體鳴者, 隨其繁促紓緩, 可見其人之賢邪吉凶. 士不欲俛首科體, 慨然行古之道則已. 不然, 可擇其和而從之, 擇其不和而違之, 如馳驅于道者, 欲得其和鑾中節者乎. 抑取其輪輻傾側, 以取其覆敗者乎?

獎人材 서북 지역의 인재를 등용하라

| 번역문 144면 |

淸北, 高句驪故壃也, 渤海繼之, 渤海滅, 而熟女眞據之. 方其盛也, 魁健雄豪之倫, 指不勝摟. 乙支文德之破隋兵也, 太祚榮之雄視東方也, 蓋蘇文之倔壃也. 王思禮·高仙芝, 唐之良將也, 皆産於是地. 女眞之豪流, 徙鴨綠之北, 種落布漫, 是爲滿洲之族.

其山川蒼凉, 風土強梁, 其民皆矯矯, 尚氣力, 往往慷慨, 輕財帛,輒施與人, 蓋燕趙之風也. 是故, 撫御得其方, 則皆欲爲之死, 苟怫其志, 則輒仇視官長, 逞凶肆頑, 壞亂紛紏, 至不可理.

淸川以北, 尤擯棄之, 以儒名者, 旣登科, 不得厠淸顯之職, 以武業者, 亦不過僉使萬戶而止. 徒羈寓酸寒, 破其家産, 害及於九族. 是故, 皆夤緣有力, 鑽刺請託, 得爲府掾倉監等任, 以鄕曲之權自豪. 卓犖奇偉之材, 雖生於其中, 顧安得以著現哉?

歷數前世, 將材多生於邊塞. 皇明之制, 勳戚掌京營兵, 以衛京師, 邊徼武藝之士, 効力於戰陳. 滿桂降丁也, 建功名於寧遠, 左良玉·黃得功遼産也, 皆有方面之績. 蓋其身耐風霜之苦, 角逐於險阻, 與士卒同甘苦生氣勢, 類非世將家綺執子弟者比耳.

西北一帶, 並有警急之憂, 猝有長戈犯邊, 戎馬踐域, 則將何以敵之哉? 蓄材宜早, 思患宜豫. 今若廣開自新之路, 戎垣之任, 苟其材則勿碍. 且擢一人而試之, 以聳西北之士, 人情自可歡忻以躍, 各自淬礪以待用, 苟用矣, 必爲國而辦一死矣.

西北之武, 初非有枳. 西之鄭鳳壽·北之全百祿之屬, 亦嘗掌閫禦, 昇平百年, 武職不擇, 以地閥陞次而得之, 豈復及遐遠之人乎?

淸北之士, 或明經而圖進取, 然今之明經, 徒口讀而無實用. 每大比之歲, 雖擢其嫺熟者, 顧何補於文治哉? 不若奬其武以壯邊圉, 文與武一也, 今之人謂之便弓馬則慍, 謂之善文史則喜, 此俗尤宜革也.

送從子祐曾入燕序 중국의 정세를 잘 파악하라

| 번역문 148면 |

從子祐曾告余以燕都之行, 尙書鄭公所辟也. 余嘗見公以按使爲政
於湖中, 其持己也廉, 慮事也遠, 求於人亦如是, 故幕府常淸閒.

汝以顓蒙, 顧何以受知於公? 且燕都余少小所欲遊而未能者, 今汝
能之, 其勉矣哉.

余嘗怪我之西北, 皆高句驪·渤海舊疆也. 彼皆雄據一方, 嘗爲中國
患. 女眞起於曷懶甸, 跨有中國, 曷懶甸, 今咸興北靑界也. 又如建州,
卽女眞之一部族也, 始嘗服事我, 今乃混一天下, 享國之久, 幾及乎漢
唐之盛, 豈其俗皆伉健矯厲, 有以跨越諸夷歟.

且若萬物之終始, 皆在於艮, 艮東北位也, 居其方, 而得方始之氣故
然歟. 且彼用之而有餘者, 顧我有之而反以削弱稱者, 何也? 然盛則
必衰, 理之常也. 彼方安樂無事, 果能戒心於持盈履滿之際乎?

余聞圓明·暢春之園, 靜宜·靜明之景, 皆丹碧雕巧, 玲瓏華麗, 其宮
室之盛, 秦隋之所未有也. 寶鼎彝器, 堆積內府, 周鑄鍾·漢玉璜, 端·
歙之硯, 和闐之玉, 皆搜剔而侈耳目, 法書名畫, 左右布列, 樹珍木,
羅異禽, 其玩好之具, 宣和之所未及也.

又如覺羅諸王, 雍容都雅, 設曲宴, 開寶書, 淋漓跌宕, 艶詞華藻,
動欲效遼金才子. 野鷹之飢, 搏擊豪健, 恣噬快食, 及其在籠, 日飽以
肉, 則委靡縱弛, 爪牙亦不可用. 顧今淸人之勢, 得不類是哉?

且胡人以法令勝, 今我使入其庭, 庭雪不埽, 至汚衣裳, 且蘇杭之
織, 疎薄不中程, 所賜使臣緞帛, 皆不滿尺度. 其紀綱之弛, 財用之竭,

又如此, 彼何恃而自存哉? 中國有變, 我輒受其患, 胡元及皇明之季可知也, 可不戒哉?

　昔單伯過陳, 見其橋梁·道塗·館舍之不治, 知其必亡, 此行人所以重諮諏也. 又過寧·錦之城, 想孫高陽·袁經略之控制有法, 而獲全勝者, 歷松·杏之山, 想洪承疇以若猛將重兵, 覆敗而被禽者, 入山海之關, 見闖賊爲多爾袞所芟夷之地, 皆足以究得失之迹, 窮勝敗之機, 有以自戒者存耳.

　汝須以是具告于公也. 公常懷經遠之慮, 必有犁然而合者. 汝未嘗捨余而遊數百里之遠, 今乃觀中國之盛, 經歲而當返, 燕雲朔雪, 皆余憂也. 若燕貨不可妄瀆也, 燕人不可妄交也, 此皆汝之所夙知, 又必觀鄭公之所以律己者, 則其無憂哉. 玆不具說.

제5부　기인과 열녀

復書竹下哀李琴師文後 마음으로 듣는 아름다운 소리

| 번역문 155면 |

　結城黃里之李琴師, 不知其系與名, 又未嘗識其面, 其人之未詳, 況其音乎? 是宜邈然若相忘者, 琴師常如操琴而鼓我側者何也?

　是因竹下之文也. 竹下亦未嘗熟其人, 一聽於元堂柳氏之墅, 而又不言其音之善不善. 吾何從而識其音也? 曰是境也. 境也者, 由何術而得之? 曰有物交于前, 隨所見而爲境, 惟有心者得之. 旣得之, 不以神凝之, 又無以持其境, 境而至於持則斯久矣.

吾久居田野, 見山水林木禽獸虫魚之變化, 與夫烟霧霜雪雲月四時之晦明, 相接乎前, 皆吾所謂境者. 吾悠悠而感於心, 然後境始與吾心合. 於是乎穆然而淸, 泠然而善, 蒼然而遠, 有足以自娛樂者. 然是猶有形者, 若因心而生想, 因想而生形, 因形而生境者, 其惟神乎.

吾嘗詣竹下, 入其閣, 見其軒牖棟楹砌級藩拔, 皆整飭. 入其室, 案几尊彝書帙藥囊, 皆靜好. 憑戶而視, 花果竹樹菱芡之屬, 皆掩翳交映. 且月島之湖, 森漫而沈其塘, 與嶺元山之秀發姸妙, 相與環其居. 吾皆一一棲于懷, 于今十年而不昧, 是有形而無形者也.

元堂之墅, 吾未嘗見, 則竹下之隣而推之, 屋廬幽潔, 村閭靜僻. 海山之趣, 泠然而集其室, 是無形之尤者也. 夫有形者, 在吾朝夕之所共接, 其境易得. 有形而無形者在人, 苟不能思其人而得之, 其境不可致. 無形之尤者, 又因其人之所遊而得之, 思之尤切而後, 境乃可見.

竹下之聽是琴也, 在初冬落木之夜, 四野黝黝, 月影橫牕, 吾固因其形而得其境矣. 琴師之操縵也, 若整而切, 度曲也, 若徐以緩.

旣而其容寂而入乎目, 其聲哀而盈乎耳, 宮商迭奏鏗如也, 是非莊氏所謂其神凝者乎? 琴師雖沒, 其境未嘗沒, 況竹下之文, 又發其境乎?

書白永叔事 이 시대의 기남자 백동수

| 번역문 159면 |

白永叔東脩, 水原人. 曾祖節度使時耇, 當景宗時, 與定策大臣受

禍, 諡忠莊.

永叔生而勁武, 且名家子, 早中武科爲宣傳官, 然常不樂也. 顧好從狹邪遊, 嘗携其徒, 上北漢寺樓, 方引酒命伎歌. 有無賴子羣逐之, 永叔卽瞋目, 奮袂而立, 鬚髥盡張, 無賴子怖而逃. 余固聞其名而未之遘也.

戊申春, 靑莊李公德懋具絲竹以娛老親, 余往賀之. 座有睡者, 忽起搵醉眼, 扯善畫者金弘道乞老仙畫, 具談畫法甚悉, 卽永叔也. 余又奇其才也.

于時, 先君子就直秘省, 一時名士, 多載酒就之. 永叔亦時時來詣, 從容言古昔治亂興廢之源, 及華夏山川關防形便, 應輒如響, 纚纚不已.

又曰: "遇禮法士, 吾以禮法待之, 遇文詞書畫之士, 吾以文詞書畫待之, 遇卜筮醫藥方技術數之士, 吾皆有以待之. 吾爲子之好拘撿, 故亦斂容以相待." 余又歎其才之無不周也.

又曰: "吾嘗觀於世, 有不可於意者, 入春川山中, 躬耕墢疄, 多種秫黍, 廣牧鷄豚. 歲時釀酒, 招隣里父老, 歡呼酣飮. 竊欲長往不返, 旣而有離索之苦. 吾又盡室入都下, 僦屋以居, 訪會心人, 欣然談笑以取適, 亦一快也." 余又驚其志之有所不爲也.

正宗己酉, 設壯勇營, 上知永叔才除哨官, 命以武藝纂次之役. 役訖, 除庇仁縣監, 丁父憂歸. 久之爲博川郡守, 未幾解官.

永叔家素饒, 而好濟窮乏, 由是家業散佚, 然其施與不已. 嘗飢臥數間屋, 得錢幾緡, 欲償債家, 以其餘將爲食, 聞隣家名官沒而無以斂, 卽擧畀之. 在外邑時, 俸祿常竭於債而不足.

永叔旣老且病, 妻妾喪亡, 少小所交遊, 又少存者. 余悲其窮居無聊, 嘗往省之. 手足皆廢不能起, 然歡笑如平日曰: "吾雖病, 尙能進朝夕一盂飯, 吾命固有所制, 吾復何憂?" 余又惜其奇氣尙存也, 今聞其長逝.

古昔奇偉非常之人, 寧屈其跡而浮沈于時, 不能屈其志而媚權貴以取功名. 有志之士, 亦從而求之, 或得之輒酣嬉, 傾倒而不厭, 蓋憫時慨俗之意也. 余嘗讀歐陽公製釋秘演詩序而有所感歎, 遂記永叔之終始. 惜乎! 不復見奇男子矣.

書李神仙事 신선 이정해

| 번역문 164면 |

世之言神仙者, 多李神仙之類也歟. 吾年二十餘, 聞諸鄕老人言李神仙事, 極靈異. 行步甚捷, 人莫能及, 有詩皆警絶, 非炯化語, 且逆知人善不善. 吾神之而未有以遘之.

戊申上元夜, 謁海陽羅公於駱山下. 坐有客, 貌甚酸楚, 時方寒, 衣襤縷, 擁被而臥, 傍人皆易之. 公始欣然迓之, 及其屢叩, 亦未之奇也. 問之, 卽李神仙廷楷也.

吾詣大隱菴, 看花菴之傍, 卽京山李公宅也. 于時, 都下名士競集, 各携酒榼珍饌. 李仙客方與芝溪宋公對棋, 便往乞之甚苟. 或與或不與, 仙客不以爲恥, 卽饞食之, 樂溢于色.

吾嘗問時人所傳仙客詩, 多其父祖詩也. 仙客好遊於松都富人家, 爲求酒食也, 久之人多厭之, 卒以飢寒死於坡州道傍.

仙客顧有室廬子孫, 其世亦簪組也, 乃爲此苦行而不之止, 亦異矣哉. 苟使仙客深藏山澤間, 雖其術未深, 人必神之, 爲之鋪張作傳, 以爲長生不死如伯陽小山之流, 而惜乎其屢遊京洛也.

京山李公嘗言: "遊丹陽峽中, 遇申命休者, 聞小白山中有異人, 省其老父母於三百里外, 不違朝夕. 山中多禽鹿, 食山田所種穀, 異人治田, 用八陣之法, 獨無所失. 命休素有腹疾, 請其人治之, 卽令臥, 手自摩之, 疾遂已, 異人仍不見. 或修鍊者所爲歟? 抑命休故神其說, 以詑耀於人也?"

其言甚怪異, 記之以待山中人相識者, 然遠之則仙也, 彼特在小白, 故人異之, 使遊於世, 安知非李神仙類也?

金銀愛傳 김은애가 추문에 대처하는 방법

| 번역문 168면 |

正宗庚戌, 國有大慶, 審理中外死囚, 多從宥釋. 上命臣海應, 書其判曰: "此祈天永命之意也, 爾得與役幸矣." 至湖南金銀愛之判, 上命臣至前曰: "此事甚奇, 予頗費辭而爲判, 爾宜善書." 于今二十九年, 天語歷歷在耳. 又見雅亭集中有金銀愛傳, 亦因上命而製也. 感念舊事, 復倣而爲之傳.

金銀愛者, 康津良家女也, 年十七, 美而未嫁. 隣有醜女安嫗者, 本娼也. 嘗從銀愛母有所乞貸, 而怒其不中意, 誘里童子崔正連曰: "我揚言爾淫銀愛, 爾從而實之, 事成多與我藥債, 得以治疥." 正連曰:

"諾." 安嫗潛從里閭談銀愛醜, 里人或質之正連. 正連曰: "如嫗言." 里人以安嫗甚口多誣, 正連亦冲釋, 或信或不信.

銀愛幸得嫁同里人金養俊. 嫗又從市上揚言罵銀愛曰: "若畔正連, 正連不與我藥債, 我病之劇, 若之故也." 銀愛故蓄怒而未發, 至是益寃恨不自勝. 夜持刀疾趨安嫗室, 嫗方脫衣欲臥. 銀愛立燈下叱曰: "爾之淫, 乃誣人淫乎? 我欲殺汝者久矣." 嫗易其纖弱曰: "能刺刺我." 銀愛疾呼曰: "能." 直前刺其喉而殺之. 又抽血刀, 走正連家, 其母挽於路得歸.

獄旣具, 掠治銀愛, 究殺人狀. 銀愛備受楚毒而不之懾, 卽曰: "室女被㦖, 何以生爲? 妾實手刃嫗, 固知當死. 然正連尙存, 願官榜殺之, 以泄妾寃, 妾死無所恨."

獄旣上, 上曰: "此烈女也, 使當列國時, 當與聶嫈齊名. 昔海西處女有殺人者, 似此獄. 先王亟命之釋, 纔出獄, 媒人競集, 爲士人妻. 今銀愛不宥, 其可曰述志事而樹風敎乎?" 與申汝俉俱釋之.

汝俉長興人. 同里金順昌留其弟順南守屋, 與其妻耘於野. 及歸妻量麥而減二升, 卽訾曰: "叔在而麥減." 順昌詬順南曰: "非若偸而誰者?" 順南方病臥而泣. 順昌曰: "偸何泣?" 擧杵撞其腦, 順南卽悶絕.

隣人咸怒順昌. 有田厚淡者, 歸言汝俉. 汝俉憤甚, 卽如順昌家, 捉順昌訾而罵曰: "若忍以二升麥毆病弟乎? 曾禽獸之不若矣. 速毀廬舍而之他, 毋溷我隣里爲也." 順昌踢汝俉曰: "我打吾弟, 若何爲者?" 汝俉怒曰: "我以義責汝, 汝敢踢我乎?" 遂踢殺之.

上曰: "汝俉非士師而責不友之罪, 可謂偶儻者也. 與銀愛案, 頒諸湖南, 而風勸之."

外史氏曰: "俗降而風節之名始著, 如二人者, 可不謂風節乎? 金銀
愛殺安嫗, 而誨淫者戒, 申汝偶殺金順昌, 而不友者慴. 然二人者, 不
得遇聖主, 其斃於桁楊久矣. 古今以來, 如二人者何限, 而有司徒操法
而誅之, 彼焉能免? 士之生於聖世者, 不亦幸乎?"

書清安張處女獄事 계모에게 맞아 죽은 장 처녀

| 번역문 173면 |

余讀歸震川集中, 記安亭張貞女死事狀. 震川誠亦有志於風敎者,
深痛其爲淫姑所殺, 具書造謀之跡下手之狀. 惟恐賊魁之行貨而得
免, 論辯數百言, 忿憤之氣, 溢于紙墨. 夫倫彝斁壞, 貞烈之不能自全
久矣. 震川雖苦心, 得非縷冠之救乎?

余在陰城縣, 嘗按張氏處女之獄, 其烈雖不足與安亭貞女比, 無辜
受枉而死則一也. 近來情理慘切之獄, 不欲上聞於朝, 輒杖殺之以減
其跡. 余恨不能力持其案, 斬淫者二人首, 狼藉街路, 使四隣具聞其
醜, 而淫穢之人有所懲畏, 徒摟死縣庭.

震川如得居余之職, 必誅除斬磔而快人意, 必不雍容受上營之指.
余於是乎愧震川者多, 然余實亦力不能也.

張處女, 淸安縣土班也. 其母某氏生處女而死, 其父改娶徐嫗. 徐嫗
亦班族, 其姻黨有知名者, 未幾其夫又死. 徐嫗素淫狡, 嫠居旣久. 而
其隣有張仁浹者, 其夫之從父兄弟也, 擧進士, 年少壯健. 徐嫗欲與

之合通而不得便, 托有疾, 蒙被臥房中. 仁浹曰:"從嫂有疾而家無主, 吾至親也, 可不相救耶?"持藥物往來, 不擇昏暮. 遂與徐嫗私, 情好款曲.

處女方十五六歲, 素貞潔自持, 屢目其淫醜狀, 忿甚, 時與婢屬語言, 自傷早失父母, 無所依, 而繼母之行如此, 愧恨悲泣.

徐嫗念與仁浹雖酣樂, 婢使無敢發之者. 張氏族黨, 布居村落, 皆愚魯, 苟能以財鉗其口, 可得無慮. 獨處女同居, 而棘棘不阿意, 不如早除之以防禍. 且室無他人, 可快意爲歡而不之憚也, 與仁浹謀, 幽之一室, 而絶其食者二日.

處女不勝飢困, 夜穴牖而出, 登家後小壟而望, 時方昏黑, 遙見燈光在十里外, 從荊棘崖險中而至, 乃縣中官隸家也. 其母老無眠, 聞門外有人呼活人, 而聲不能續, 出視之, 知其爲縣南張氏女, 急以糜粥救之. 處女乞藏匿, 老婆引其弊被厚覆之, 使身體不露.

已而仁浹縱其族黨, 持炬火四出迹之, 至官隸家, 得其隣嫗, 詳知處女所在, 卽臨門督出, 狀貌兇惡. 處女知將死, 懼甚不卽出. 仁浹喝從行一少年, 牽之如羊家而出, 負至其家. 仁浹與徐嫗坐堂上, 數之曰:"處女從夜中潛逃, 欲外淫, 大爲門戶之辱, 若當死."且與徐嫗, 引處女入房中, 仰臥之, 偕持塩鹵灌之, 使二婢牢把其手足, 俾不得翻身而嘔出.

處女宛轉不卽死, 仁浹罵曰:"若可復生乎?"提木枕力打額, 血流被面而後殊, 卽棺斂卒卒而埋之, 乃言處女病死. 其族黨雖爲之隱諱, 顧隣里洶洶言處女冤. 而仁浹與徐嫗, 恬然不以爲意曰:"無如我何."方縱淫自恣, 事不得不發.

余隣於官, 往審其獄, 檢處女屍, 面目如生, 纖弱而勁, 額角傷穿,
仁浹木枕迹也. 胸有爪抓痕, 卽灌鹵死者然也. 獄具, 監司令杖殺仁浹
及徐嫗. 徐嫗雖濱死, 流視仁浹, 婉變若不勝情者, 其淫慾如此.

余旣愍處女之死, 而獨其跳出之意, 未可究也. 抑將發徐嫗之惡耶?
徐嫗雖與其父絶, 其父已死, 無所受命也. 且圖一時之命耶? 半夜蒼
黃, 誠有愧於宋伯姬之義矣. 爲處女者, 唯當死而已, 顧其勢不得不然
耳. 惜乎! 生長鄕里, 不得聞古人處變之義, 使處女從容而使, 則誠安
於義矣.

江上孝女傳 아버지의 원수를 갚은 강상 효녀

| 번역문 179면 |

江上孝女, 不知誰氏子. 故判書鄭載禧家在銅雀江上, 冬日有一童
子乞食而至, 年可十二三, 貌甚姣. 一僮從焉, 年亦差一二長, 而又纖
好. 問其族, 曰: "父責逋奴南方, 與一商人歸, 商人利其裝, 戕父於路,
兒無依至此."

載禧悲之, 暮舍之門傍. 間壁一嫗老無睡, 聞兩兒昵昵語, 閉息潛
聽, 幽嗚嗚咽. 已而一兒若潛出, 移時返曰: "跡得矣, 賊方宿僧房店
第幾舍." 一兒卽大哽塞曰: "腐心者三年, 今始遇矣." 一兒曰: "娘子
但泣而已乎? 天將明矣, 少緩復失之." 卽綷綷有結束聲, 戶開蹀蹀然,
已而無跡. 時月明如晝, 嫗爲之髮竪, 年老鈍劣, 懼不敢跡.

天旣明, 聞僧房店有人殺客商而逸, 刀函胸不抽首. 其街嫗以告載禧, 載禧大驚, 良久太息曰: "卽纖弱一姣女乎?" 逢人輒以爲言, 竟不知所之.

贊曰: "殺人者無赦, 三代之所共也. 聖人慮夫後之執法者, 或行之不明, 而寃有不得伸者, 爲之論復讐之義, 以盡人子處變之道. 使皐陶爲士, 寧渠有是? 江上孝女, 豈不知告賊商于官, 以王法誅之哉? 彼誠恐有司不能明其賊, 而己之寃不得伸, 乃手自剪除之, 誠烈矣哉!"

書榮川朴烈婦事 영천 박 열부와 충복 만석

| 번역문 182면 |

烈婦朴氏, 榮川人, 嫁同鄕閔氏子, 未幾, 閔氏子死. 朴氏取其從父兄之子子之, 顧舅姑老而貧甚, 無以爲養, 傭隣舂得以供朝夕.

隣有金祖述者, 家富而無賴, 見朴氏年少嫠居, 欲挑之. 嘗瞰其舂, 向朴氏溺, 隣之女駭之, 競共障蔽, 然謂其醉也而不發之.

其舅欲有所詣, 時寒冽, 借腦包於祖述, 祖述卽許之, 計其還可數日. 是夜, 往朴氏家潛伺之. 朴氏之姑聞門外犬吠, 謂朴氏曰: "汝舅出而外廊空虛, 家有一犢, 恐被盜持去, 可出視之." 朴氏出視, 外廊果不鎖, 卽反扃之, 將入, 述從外撼戶欲啓. 朴氏惻曰: "若爲誰?" 祖述曰: "娘不知我音乎? 何其不會意也, 速開門." 朴氏且憤且罵, 號哭還其室, 待舅至, 其告之.

其舅年高失壯子, 意常不樂, 卽發怒拔斫刀往, 大閧于祖述之門, 被

238　　　　원문

隣人挽解而歸, 忿甚往訴官. 官卽發健隷促囚祖述, 將嚴覈之. 祖述以財交結掾吏之屬, 俾爲己地, 乃言: "朴氏善淫, 已多與他人私, 懷孕者屢, 而今又腹大. 前時吾亦與之合通, 某夜往欲更摟之, 摟淫婦, 何罪之有?" 其言逐滋, 守稍稍聞之, 卽寬祖述囚. 朴氏見其將無事而釋, 忿甚, 與其舅復往訴之. 守曰: "余知之矣, 祖述豈無故扣汝家乎?" 且驅之出.

朴氏逐歸家, 出其嫁時物甓若干及靑木綿裳, 一呼其姒而謂之曰: "吾侄兒長娶婦而遺之, 今將死矣, 付姒, 他日以吾意遺之."

朴氏家去縣門可十里, 乘其舅適市, 卽露面往至庭, 謂守曰: "守有母有妻, 當知懷孕狀, 懷孕者若是否?" 解褌披腹而示之, 且按其乳. 守俯視而笑, 以謔言加之. 朴氏出至官廡空舍, 以索緊繚其項者四五遍, 引小刀刺其喉.

官婢等憫憐之, 競前解其結. 其舅聞郡中有女自刺, 意其婦也, 來視之, 已殊矣, 卽自言于守, 乞暴其冤死狀. 守故以朴氏爲淫婦, 謂卽愧馘自死, 不聽.

祖述又募人言: "吾因朴氏之求砒礵, 市以與之." 又募人言: "某市砒礵與朴氏時, 吾見之詳矣." 朴氏之醜益喧傳, 其舅具訴于巡察使, 巡察使令查官等覆案之. 查官等亦如守言, 具報于營, 祖述復無事見釋. 一郡人士, 皆痛朴氏之冤, 獨其受祖述財者, 往往言朴氏淫而實之, 以爲祖述不足罪.

朴氏之僕萬石者, 祖述之婢之婿, 而生一子矣. 忿甚, 謂其妻曰: "吾將報吾主之讐, 若讐家之婢也, 吾豈忍爲讐家之婢之夫哉? 吾絶若,若促去." 以辛巳八月, 鳴其冤于蹕路, 事下刑曹. 刑曹請令本道更查之, 本道以清道郡守及他守令查之.

查官至其舘, 舘外有一柩, 卽朴氏屍也. 其死在辛巳二月, 七閱月而屍如生云. 及是捕言朴氏飮藥死者詰之, 具伏爲祖述所誘. 又捕其證言者詰之, 亦如之. 又詰祖述, 祖述亦具伏, 朴氏之冤遂大白.

巡察使具啓于朝, 刑曹言守誤決朴氏獄當罪, 然朴氏實自殺, 非祖述殺之, 不當償其命, 遂竄祖述于邊遠. 萬石痛祖述不死, 復具訴于蹕路. 判刑曹適有知祖述罪者, 請逮捕誅之, 上許之, 祖述今則誅矣.

清道郡守卽金稚奎箕書, 稚奎旣明朴氏冤, 而其前所查者皆親友也. 競怒其不循己, 謗言大興, 比其沒而不已.

夫此獄也, 明白易見. 朴氏設淫婦也, 其夫家之族當斥絶之, 何爲忿其冤也? 且若飮藥死, 則其痕損與自刺者逈殊, 爲守者, 何不一覆視也? 爲守者, 或遺之, 查官等又何不撿也? 蓋貨賄之力也. 於其明白易見者, 漫漶如此, 若曖昧難窮者, 何由白其冤乎? 苟或一有明之者, 又從而謗之何也? 然冤必白罪必當, 觀乎朴氏終能伸而祖述終必誅, 斯可知也. 其營營於機詐者, 何益之有? 但爲守者鑑此, 無爲其股掌之弄則可矣.